EL MAPA SECRETO

EL MAPA SECRETO

Luis Racionero

GRUPO ZETA

Barcelona • Madrid • Bogotá • Buenos Aires • Caracas • México D.F. • Miami • Montevideo • Santiago de Chile

1.ª edición: septiembre 2013

© Luis Racionero, 2013
© Ediciones B, S. A., 2013
    Consell de Cent, 425-427 - 08009 Barcelona (España)
    www.edicionesb.com

Printed in Spain
ISBN: 978-84-666-5367-1
Depósito legal: B. 16.467-2013

Impreso por Novagràfic, S.L.

1

La flota del coloso

El Gran Señor de la mar océana, el almirante Zheng He contempla la brújula de Feng-shui flotando en la mesa de agua frente a su trono en el castillo de popa. Es de noche y el mar calmo emana silencios como jirones de niebla. El trono es de dimensiones colosales para acomodar su cuerpo de gigante. Como se deja ver poco las leyendas crecen en torno a él como lianas en los templos de la jungla. Le llaman San Bao en Nanking, Simbad el Marino en Bagdad, Cheng-Ho en la Ciudad Prohibida, donde es el favorito del emperador, su hombre de confianza, factótum y mejor guerrero.

Pese a que, como hijo de guerreros mongoles de religión musulmana, prefería el caballo al barco, su emperador le había confiado el control de los mares del Sur y más allá la exploración de los océanos del mundo. Aquella flota podía navegar muchos meses, incluso varios años, si el globo de la tierra fuese lo bastante grande para albergar varios continentes entre los mares. El partido de los eunucos, que había postergado, en aquella época, a los mandarines, había convencido al emperador de que era conveniente explorar todas las tierras del mundo por ver que se podía comerciar con los extranjeros, darles a conocer el poder del emperador y obligarles a rendir pleitesía dentro de la Gran Harmonía Confuciana.

Zheng He tenía órdenes de no atacar a los habitantes ni conquistar los territorios que descubriera, su misión era comerciar con ellos, reseñar sus riquezas, dejarles animales y plantas chinos que no existieran allí. Las órdenes imperiales eran navegar hasta los confines del mundo para recibir tributos de los bárbaros de ultramar y atraer a todos bajo el cielo a civilizarse en la Gran Harmonía Confuciana.

Su flota incluía 28.000 hombres en 320 naves. Navegando en formación cubrían el mar de horizonte a horizonte. Tenía a sus órdenes 93 capitanes, 100 contramaestres, cinco astrólogos y 180 médicos. Los barcos más pequeños medían 20 metros de eslora y servían como transporte de personas y comunicación entre la flota, los buques de guerra medían 60 metros de largo por 22 de ancho, las naves capitanas —llamadas barcos del tesoro— medían 100 metros por 50 de ancho, el buque insignia tenía 150 metros de eslora con nueve mástiles y 62 metros de ancho. La tripulación contaba 500 marineros. Todos los juncos eran blancos como la nieve. Tenían ojos pintados en la proa, para hallar el camino, los de guerra cabezas de tigre para amedrentar al enemigo; por su parte, los soldados llevaban máscaras de tigre. Algunos barcos tenían establos para la caballería, otros eran huertos de verduras y otros, cisternas de agua potable en cuyo fondo se depositaban barros traídos de pozos domésticos para no perder las raíces. Las velas de las naves eran de seda roja, ligera y resistente.

La flota de Zheng He se desplazaba por el mar, ocupando una superficie enorme, adoptando la forma de una golondrina, las aves migratorias, viajeras por excelencia. Las naves de guerra formaban las alas, las del tesoro el cuerpo, las auxiliares la cola.

El espacio inmenso del mar, la altura de su nave y la distancia entre las otras, daban a Zheng He, acodado en su castillo de popa, una perspectiva grandiosa que superaba la escala humana para entrar en las dimensiones de los titanes. En la espaciosa calma halciónica, el tiempo se arremansaba. La visión lejana de las puntas de la flota era de una grandiosidad sobrehumana, la potencia de los dioses, la perspectiva de un coloso. El espacio era claro y luminoso, solo la omnipotencia de un tsunami podía inquietar a los navegantes.

La pujanza del mar, la voluble y tornadiza voluntad del viento y la inquietante e imprevisible amenaza de los temporales son la mejor forma de mostrar a los humanos el carácter provisional de su fortuna, y la irrelevancia cósmica que tienen sus más terribles aflicciones o sus alegrías más luminosas. Asimismo la constante inquietud que en los océanos acecha a los navegantes y la infatigable vigilancia que les impone muestran el esfuerzo constante que la vida exige a quienes quieren convertir en aliados el voluble carácter del azar o el inescrutable destino que esta escribió en la bóveda celeste.

La soñolienta armada, flotando en su irrealidad, mecida en el sueño de su invencibilidad, se aproximaba al puerto de Palembang en Malaca. El reyezuelo local les salió al paso con toda su flota. Los barcos de guerra de Zheng He estaban protegidos con placas de hierro, armados de ballestas gigantes, arcabuces y cañones, flechas incendiarias, cohetes, lanzallamas (el llamado fuego griego) y bombas. Rehuían el abordaje y el cuerpo a cuerpo por medio de barras y horcas gigantes que mantenían el enemigo a distancia mientras sus buques eran incendiados.

Zheng He ni se molestó en levantarse de su trono. Sabía lo que, inexorablemente, pasaría allá fuera, tal era el poder de su flota. En su ensoñación veía la batalla que se avecinaba como algo irreal, unos fuegos artificiales que alumbrarían el Velo de Maya, como los budistas llamaban a la realidad. Recordaba el Baghavad-Ghita, cuando Krishna le explica a Arjuna que los guerreros alineados para la batalla estarán todos muertos, tarde o temprano, gane quien gane, aniquilados por el tiempo y por su karma.

En su soledad forzada, sin mujer y sin hijos, Zheng He prefería evocar estas metafísicas imágenes budistas a practicar los hechizos chamánicos de sus ancestros mongoles. Porque él no era Han aunque se había asimilado a la cultura china. No necesitaba la magia, pero sí la ensoñación para sobrellevar su soledad.

Se hizo tirar el *I Ching* mientras afuera sonaba el estruendo del combate, lejos de la nave almirante. Duró tan poco que apenas le dio tiempo a completar la tirada: «Cruzar las grandes aguas trae fortuna», y en una línea: «El hermano pequeño será tu aliado.»

Ligeramente desconcertado por tales frases, como suele suceder a todos aquellos que aceptan someter su destino al escrutinio de la profecía que siempre se expresa de forma ambigua como si al hacerlo así nos diera la oportunidad de escoger nuestro destino, ordenó que le trajeran cualquier prisionero joven que no fuera malayo.

Cuando se apagaban los resplandores de la desigual batalla naval el almirante escuchó pasos en las escaleras de su castillo de popa. El capitán entró con varios extranjeros: tártaros, mongoles, indios, negros y un mozalbete rubio de piel blanca y ojos azules. Zheng He señaló:

—Ese.

Los marineros abandonaron al chico en la penumbra del puente de mando. Enzo, deslumbrado por el fragor exterior y la oscuridad de aquel salón solo veía la brújula flotando ociosa en la mesa de agua. Cuando Zheng He se puso de pie, el muchacho se sobresaltó: aquella mole humana medía al menos dos metros y para rodear su cintura, pensó, se necesitarían al menos tres hombres. Quedarse a solas con él le resultó inquietante. Cuando el gigante avanzó hacia él se puso a temblar presa del pánico con tal agitación que no le pasó desapercibida a Simbad.

—¿De qué te asustas?

—Yo, bueno, no sé quién sois, ni lo que queréis de mí.

—¿Qué podría hacer por mí un prisionero?

A Enzo no le tranquilizó nada la pregunta, más bien su temor le hizo advertir un tono amenazador. Retrocedió sin mirar y metió el brazo en la mesa de la brújula, salpicó el suelo y alteró la estabilidad del delicado instrumento.

—¡Oh, perdón!

Y se puso a enderezar la dirección de la aguja hacia donde había visto que señalaba cuando entró en la estancia.

Divertido, Zheng He fue hacia él y cuando el chico había retrocedido hasta chocar con la pared, se plantó ante él y abrió su túnica. El grito de horror de Enzo quedó a medio camino. El ¡Ah! de auxilio se tornó ¡Oh! de asombro. Y no por lo que vio, sino por lo que no vio. Aquel gigante era eunuco.

—Me dedico a otros placeres —le tranquilizó el almirante abrochando su túnica—. Te guardaré como ayudante de cámara y, si lo mereces, tendrás mi confianza. No pongas esa cara de extrañeza; en esta armada hay siete almirantes eunucos, diez oficiales y cincuenta y tres eunucos ordinarios.

Enzo fue acomodado en los camarotes de criados y ejercitó su facilidad para los idiomas con musulmanes, negros e indios: el árabe, el suajili y el pali no tenían secretos para él. Así, en las largas veladas de la travesía hacia no sabía dónde, supo de las desventuras y luego aventuras de Zheng He, alias San Bao o Simbad el Marino.

Había nacido el almirante en Yunán de familia turco-mongola y religión musulmana. Su tatarabuelo llegó con los mongoles que invadieron China y se quedó en Kuyang. De niño aprendió mandarín y árabe. Cuando tenía diez años el ejército chino entró en Yunán para expulsar a los mongoles y con ánimo de aterrorizar a la población y exterminar la etnia cortó los órganos genitales a todos los adultos y niños que fueron capturados. La mutilación de niños no fue solo por crueldad sino para reclutar eunucos para la corte imperial de Yung Lo. Como no murió desangrado, ni infectado y demostró una inteligencia fuera de lo común, lo enviaron a la Ciudad Prohibida para ser educado como eunuco.

Se convirtió en favorito del emperador, que le cambió el nombre a Ma San Bao, Ma el de las tres joyas. Entre los mandarines las tres joyas eran Buda, su doctrina y los creyentes; en los círculos más vulgares las tres joyas eran los testículos y el pene, por lo que al conferirle ese título el emperador lo volvía entero otra vez, figurativamente, tal es el poder los emperadores para cambiar la realidad con la palabra.

Por su estatura, decisión y valía en la guerra fue promocionado a general, favorito, director del servicio secreto de información de los eunucos y, por fin, almirante de la mar océana.

2

Las puertas de jade

Enzo da Conti pronto se amoldó a su nueva vida, más lujosa que en cualquiera de las tripulaciones que había servido. El buque insignia, como los demás barcos del tesoro, estaba lleno de concubinas para complacer a los dignatarios extranjeros, embajadores y altos oficiales de a bordo.

Dada la predilección de las mujeres chinas por la piel blanca —anhelo en el que bien seguro no fueron las primeras ni las últimas, como delata aquel célebre verso del Cantar de los Cantares: *«Negra sunt sed fermosa»*— y que ellas se esforzaban en aparentar con ungüentos y aceites, el rubio joven era deliciosa fruta caída como del cielo y por lo mismo, como tantas otras cosas que caen del cielo, prohibida, puesto que las concubinas no estaban allí para satisfacer a esclavos y prisioneros de guerra, sino a poderosos diplomáticos y embajadores que viajaban para ser llevados ante la presencia del Hijo del Sol y allí mostrarle sumisión y rendirle los tributos que recomendaba el buen sentido para mantener cordiales y provechosas relaciones con el Celeste Imperio. Pero afortunadamente las grandes embarcaciones o la complicidad con los guardianes ofrecen ocasión para satisfacer el deseo aunque tenga que postergarse a venturosas noches sin luna. La sabiduría natural de aquellas mujeres intuía, por otra parte, que bajo la apariencia de ogro gigantesco de aquel almirante se escondía un corazón tan grande como su cuerpo. Y así, mientras la flota limpiaba el mar de piratas, organizaba alianzas, salía al paso de imprudentes reyezuelos locales, o recibía el obsequio de exóticos animales, Enzo aprendía los diferentes matices de la lengua china en brazos de aquellas jubilosas y sorprendentes concubinas.

Empezaron por leerle el libro de Tung-Hsuan mezclado con extractos del Emperador Amarillo. Una de ellas, Mi-Fei, se alzó con el título de la Joven Sencilla y leyó a Enzo los consejos del Emperador Amarillo:

—¿Cómo se puede saber si la mujer quiere el orgasmo? —A lo que la Joven Sencilla contestó—: La mujer presenta cinco síntomas y cinco deseos y diez formas de mover el cuerpo. Los cinco síntomas son: primero, su rostro se sonroja, el hombre puede acercarse a ella. Segundo, sus pezones se ponen rígidos y se le humedece la nariz. Tercero, se le seca la boca y traga saliva. Cuarto, su vagina se lubrica. Quinto, las secreciones de su vagina se desbordan entre las nalgas.

Hsu-Mien, que no estaba para dejarse perder al juguete rubio, apostó fuerte.

—Yo voy a ser la Joven Radiante y te leeré las enseñanzas de Tung-Hsuan sobre las Dos Fénix danzantes: el hombre hace que una mujer se acueste boca arriba y que otra se siente encima de la primera. La mujer acostada debajo levanta las piernas, mientras la otra se queda sentada encima con las piernas abiertas, de modo que la vulva de una esté cerca de la vulva de la otra. Él se arrodilla de frente y de este modo podrá tener acceso, alternativamente, a la Puerta de Jade superior y a la inferior.

Dicho y hecho, Hsu-Mien y Mi-Fei se ofrecieron como aconsejaba el libro y Enzo hincó la rodilla en tierra para obedecer a sus irresistibles tiranas, que no paraban de reírse de él.

—Habíamos acordado que me enseñarías chino.

—¿Y no podemos enseñarte otras cosas?

—Sí... Pero me conviene mejorar el chino si he de trabajar con Zheng He...

—Hay tiempo para todo jovencito —dijo con voz maternal Hsu-Mien—. Ahora, vive el momento, regocíjate en el presente, esclavo de Simbad.

Enzo no necesitaba demasiados incentivos para

abandonarse en manos de aquellas mujeres. Más bien ardía en deseos de hacerlo aunque una innata coquetería combinada con la fantasía masculina de hacerse el duro le aconsejaron disimularlo. Una vez superado esto temió que aquellas mujeres se burlaran de su inexperiencia. Finalmente, se aplicó con diligencia a explorar las Puertas de Jade para saber qué le deparaba el otro lado.

Cuando hubo superado más que sobradamente la prueba y franqueado las puertas con movimientos lentos como el de una carpa atrapada en el anzuelo, alternados con rápidos como el vuelo de los pájaros contra el viento, con ritmo de una a nueve y veintiuna respiraciones, Enzo rodó por las almohadas entre los abrazos, caricias, y reiteradas risas de las muchachas.

Una vez terminada la iniciación práctica en el arte amatorio, pasaron las solícitas cortesanas de Zheng He a la siguiente lección.

—Has superado con notable pericia la prueba, Joven Dorado. Ahora, debes aprender las bellas palabras que abren los caminos del corazón y fecundan el deseo.

Y, mientras se peinaba, recitó Hsu-Mien:

Las nubes de mis bucles se apartan,
las trenzas brillantes son negras,
coloco a un lado una horquilla dorada
y me vuelvo sonriendo a mi amado.

Mi-Fei eligió otro poema de Hsu Hsue-Ying.

Lágrimas sobre mi almohada,
lluvia en los escalones de casa
gotean toda la noche
solo separadas por una ventana.

Escucha los dos lados del placer, Joven Dorado, le advirtieron a dúo las muchachas mientras juguetonas improvisaban una coreografía alegre y sensual.

Y dijo Hsu-Mien:

—Nunca te resistas al deseo, pues reprimirlo es impedir la fluida y correcta circulación de la energía que vivifica tu alma y que en China llamamos chi.

Mi-Fei continuó:

—Nunca el placer podrá calmar tu inquietud, lejos de paliar el deseo, el goce no hace otra cosa que aumentarlo. Cuanto mayor sea su intensidad, más te impondrá la memoria su recuerdo y más te impulsará la imaginación a recobrarlo y cuanto más quieras aumentarlo más lamentarás su ausencia cuando las circunstancias te impidan cumplir sus exigencias

Enzo se asombraba de que aquellas divertidas cortesanas fuesen además filósofas del amor, porque no sabía que en China el propósito de cada cortesana era ser rescatada por un huésped distinguido que la llevara como esposa o concubina, y por eso estas jóvenes estudiaban la literatura para estar al nivel de los jóvenes letrados. Muchas cortesanas eran expertas en poesía y eso hacía las delicias de Enzo, que aprendía chino literario, disfrutaba de la poesía y pasaba las horas con las veintiocho concubinas de la nave del almirante. Pero no sabía adónde iban.

Mi-Fei había llegado a la flota de Simbad por los más azarosos derroteros. Era hija natural no reconocida de una de las mujeres más poderosas de China: la Gran Dama de la secta Nu-Shu. Y no podía reconocerla porque había prometido consagrar su inmensa fortuna y su vida a aquella secta de mujeres que velaban en la sombra de las Tríadas por el destino de China. Ni el mismo emperador, ni los mandarines, ni siquiera las Tríadas conocían los designios del Nu-Shu, pero sabían que eran siempre favorables a la grandeza y hegemonía del Imperio del Centro. Cómo lograrlos era cosa de ellas que no recibían órdenes de nadie ni daban explicaciones a ninguno.

La madre de Mi-Fei paseaba por el bosque cuando apercibió en un claro entre la maleza a un hombre vestido de intelectual, con garbo de poeta —cosa de no difícil deducción, pues acarreaba una lira— que bailaba ebrio de vino y felicidad. Escuchó su cantar.

A veces cojo una botella de vino
y me voy a beberla a la montaña.
Siempre somos tres, contando
mi sombra y la luna resplandeciente.
Cuando canto la luna
me escucha en silencio.
Si bailo, mi sombra baila conmigo.
Al acabar las fiestas, los invitados tienen que partir.
Yo no conozco esa tristeza: cuando vuelvo a casa,
la luna vuelve conmigo y mi sombra me sigue.

La Gran Dama quedó prendada de la voz y la alegría triste de aquel poeta, al que se reveló para iniciar con él una relación gozosa que daría como fruto a la incomparable Mi-Fei, inteligente y hermosa por madre y padre.

Pero la Gran Dama no deseó que nadie la viera embarazada como a una mujer cualquiera: se ocultó en el monasterio budista de monjas expertas en artes marciales, el equivalente femenino de Shaolin, y allí dio a luz a una preciosa niña, que dejó entre las monjas para que la criasen. Mi-Fei aprendió los ejercicios físicos del Chi-Kun y la lucha Kung-Fu, así como los espirituales del Tai-Chi-Chuan y la circulación de la luz según el método de La Flor de Oro.

Las técnicas de lucha china inventadas en el templo de Shaolin son conocidas de sobra y no necesitan descripción, máxime en estos tiempos de YouTube, pero las espirituales sí. Las monjas le enseñaron a Mi-Fei que al nacer, los estratos de la psique, la conciencia y el subconsciente, se separan. Lo consciente es lo que delimita e individualiza a la persona, lo inconsciente es lo que la une al cosmos. El trabajo consiste en unificarlos por medio de la meditación, que hace aflorar a la conciencia parcelas del subconsciente y con ello el individuo se realiza en un nivel transpersonal o espiritual. Y ese espíritu consciente, está preparado para afrontar la muerte sin miedos ni pesares.

La madre superiora acogió en su celda a Mi-Fei cuando supo que estaba preparada y le reveló la enseñanza de La Flor de Oro.

—En *El libro del Castillo Amarillo* se dice: «En el centímetro cuadrado del centro del palmo cuadrado de la casa, se puede regular la vida.»

»La casa del palmo cuadrado es la cara, el centro del centímetro cuadrado, ¿qué otra cosa puede ser que el corazón celestial? En medio del centímetro cuadrado reside el esplendor. En el salón púrpura de la ciudad de jade habita el dios del Último Vacío y Luz. Los confucianos lo llaman el centro de la vacuidad, los budistas la terraza de la vida, los taoístas la tierra ancestral, el castillo amarillo o el paso oscuro.

»El corazón celestial es como la vivienda y la luz es el

amo. Cuando la luz circula todas las energías del cuerpo aparecen ante su trono.

»Por tanto, debes hacer circular la luz: ese es el más profundo y maravilloso secreto. La luz es fácil de mover pero difícil de fijar. Si la circulas bastante tiempo, se cristalizará por sí misma.

Pese a su precocidad, Mi-Fei no tenía edad para penetrar esas sutilezas, ni tenía ganas, pero obedeció a la superiora que la puso a contemplar de la siguiente manera: durante cien días, cada mañana durante el tiempo de consumirse el incienso, sin interrupción, baja los párpados a medias, mira la punta de la nariz, fija el pensamiento en el punto entre los ojos que es la terraza de la vida, la tierra ancestral o el tercer ojo, y fija el corazón en el plexo solar.

Al cabo de cien días vio, en el interior de su cabeza, entre los dos ojos, un punto de intensa luz violeta que se agrandó hasta convertirse en un vibrante círculo purpúreo. A partir de ese momento, su percepción cambió para siempre. Su intuición era ahora mucho más poderosa y le permitía apreciar aspectos de la realidad para los que antes estaba ciega. El carácter oculto de cosas y personas se le revelaba con solo mirarlas con inaudita nitidez. Su imaginación se hizo igualmente más fértil y creadora. Un cúmulo de intensas revelaciones acudía a su mente como si hubiera sido tocado por los dedos de un demiurgo feliz o por la varita mágica de un hada complaciente y generosa. Sintió que su espíritu se inundaba de luz para abrirse a una visión del mundo completa y coherente. Todo estaba en todo, desde lo más complejo hasta lo más simple ocupaba el lugar que le correspondía, aquello que antes creyera opuesto y contradictorio le parecía ahora necesariamente complementario como si de las dos caras de una misma moneda se tratara. Ella formaba parte de ese todo y era ese todo. La naturaleza, los seres vivos, las personas y las cosas estaban simultáneamente dentro y fuera de su mente. Todo estaba en todo y todo estaba bien, sereno, en calma. Esa serenidad sería su refugio interior desde entonces. Formaba parte de las iniciadas en el Secreto de la Flor de Oro.

Poseída de esa serenidad que da la experiencia de la totalidad integrada, de que todo está con todo y todo es uno, Mi-Fei se sintió por encima del bien y del mal a su joven edad de diecisiete años, la precocidad era el signo de su genio. El templo se le quedó pequeño. Las monjas, pese a su bondad, se le tornaron opacas y la vida monástica aburrida. No quería limitarse ni renunciar al mundo. Pidió audiencia a la madre superiora.

—¿De modo que mis enseñanzas han sido tan potentes que ya crees haber alcanzado tu meta?

—Por lo menos la que me impuse al entrar en esta casa. Más allá no podré llegar. No quiero pasarme la vida mirando una pared como Bodhidharma.

—¿Y adónde quieres ir?

—Al mar.

—¿Dónde queda eso?

—Allí donde la tierra termina.

—¿Crees que tu caña está ya lista para pescar? —inquirió con sorna la venerable anciana.

—Así lo creo, señora.

—Y dime: ¿a qué puerto esperas llegar?

—No lo sé. El mejor viajero es el que no sabe adónde va. Así lo he leído en Chuang-Tzu.

—Tu educación es extensa y la firmeza de tu decisión me complace. Ojala ambas te acompañen y tengas una larga vida...

—Lo que sí puedo aseguraros es que no será aburrida. Espero que tampoco sea frívola o banal.

Al amanecer del siguiente día, Mi-Fei se encaminó hacia la llanura con paso firme siguiendo el cauce del río. En la primera ciudad que encontró en su camino siguió su viaje en una pequeña embarcación que se dirigía hacia Nanking. Durante el trayecto fluvial escuchó a los marineros referirse a la próxima partida de la gran flota que debía llevar al Gran Almirante Zheng He a los confines del mundo y más allá. Cuando llegó a Nanking se dirigió a los astilleros.

—¿Cómo puedo enrolarme en esta flota?

—Siendo mujer no lo tenéis fácil. No hay mujeres marineros, tampoco médicos o astrónomos.

—Pero me parece haber oído que viajan mujeres en la flota. ¿Cómo hacen pues para ser admitidas?

—Las únicas mujeres a bordo son cocineras o cortesanas que atienden a los ilustres invitados del emperador.

Mi-Fei pensó que después de su adolescencia monjil una etapa cortesana no le vendría mal. En todo caso, mucho mejor que de cocinera. Fue aceptada tanto por su juventud y belleza como por sus conocimientos de poesía, la refinada cultura que mostraba su conocimiento de los clásicos y su innata destreza para la danza.

Se le ordenó presentarse en dos días lista para iniciar la travesía. Fue alojada con las demás prostitutas en el castillo de popa de la nave del tesoro. Vio de lejos a Zheng He ordenar que la inmensa flota zarpara y, mar adentro, observó fascinada cómo las naves se extendían sobre el agua configurando la silueta de la golondrina, el viajero por excelencia. «Pero ellas sí saben adónde van, yo no. Ni me importa», pensó.

Poco después conocería a Enzo. El italiano le cayó bien desde el principio porque era joven, guapo y la hacía reír. No se enamoró de él porque esa emoción no cabía en su mente de viajera, de mujer sin ataduras, pero precisamente por esa libertad le gustaba tener una relación íntima que la satisficiera, y en la travesía que no se sabía cuánto podía durar, quería tener un amigo fijo entre servicio y servicio que rindiera a los altos dignatarios que viajaban en la flota rumbo a sus países de origen.

El viaje de Zheng He coincidía con el final de las fiestas celebradas con motivo del traslado de la Ciudad Prohibida, desde Beijing hasta Nanking, una vez terminadas las obras. La celebración de la nueva sede del Hijo del Cielo y de la burocracia del Imperio llevó a China a representantes diplomáticos de numerosos países que querían rendir pleitesía y mantener relaciones fluidas con el Celeste Imperio. Había ahora que devolver a los embajadores de Malaca, Ceilán, Calcuta, Ormuz, Mombasa y había que contentar con bailes y fiestas a los reyezuelos de los puertos que encontraban por el camino. A Enzo lo dejaba para sus días libres. Y para darle clases de chino.

—Tú tienes que entender lo que les gusta a los chinos si quieres vivir con nosotros.

—¿Y qué os gusta?

—Ganar dinero, jugárnoslo, comer y hacer el amor.

—Con lo último no puedo estar más de acuerdo. Pero revélame los rincones y escondrijos de la mente china.

—Tienes suerte de hablar con una cortesana.

—¿Por qué?

—Sabemos más que nadie. ¿No ves que tenemos a los hombres a nuestra merced por momentos? Incluso los más poderosos han de pasar por el tubo.

—Aquí no debes ganar gran cosa.

—No estoy aquí por dinero.

—Ah...

—Creo que por lo mismo que tú: para no aburrirme, para ver mundo, para aprender cosas insólitas.

—Pues cuéntame lo más insólito de los chinos.

—De las treinta y seis alternativas, la mejor —con diferencia— es salir huyendo.

—Pues en el barco lo tienes mal.

—Te equivocas: el barco ha sido mi huida.

—¿De qué?

—Del monasterio budista.

Enzo ya no tuvo respuesta rápida a esto y ella aprovechó la pausa para cambiar de tercio.

—Para entender a los chinos has de saber lo que comen. —Y diciendo esto llamó a su doncella, pues las grandes concubinas disfrutan de asistentas personales, y le ordenó—: Prepara la chalupa de enlace.

Y se llevó a Enzo en un paseo en lancha entre las naves de la flota, hasta abordar un barco grande, de unos cien metros, lleno de parterres con árboles frutales, verduras, hortalizas y tiestos con hierbas medicinales y culinarias.

—Sube.

—¡Esto es un huerto flotante!

—La comida china se basa en las verduras y el almirante las quiere frescas y con el sabor de casa. ¿Ves aquel barco cisterna? Está lleno de agua potable, en el fondo de los depósitos tiran lodo y tierra de los pueblos de los marineros para que sientan el gusto de su tierra.

—¡Sois unos sibaritas!

—¿Qué son los sibaritas?

—Sibaris era una ciudad griega del sur de Italia donde un hombre murió de un ataque al corazón viendo trabajar a un esclavo.

La joven se quedó un momento en silencio. Luego soltó una jubilosa carcajada.

—Pues entre sibaritas procuramos movernos.

Enzo vio que la flota se ordenaba con los grandes barcos del tesoro en el centro, rodeados por los barcos de batalla llenos de soldados, cual cuarteles flotantes. Delante, detrás y a los lados iban los barcos-huerto, barcos-establo, barcos del grano, guardados por barcos de guerra. Configuraban un pájaro con las alas extendidas. Se comunicaban con banderas, linternas, gongs y tambores, y si era necesario recurrían a palomas mensajeras.

El crepúsculo cayó rápidamente, como sucede en los trópicos y la luna ascendió por el horizonte.

—Ven aquí, Joven Dorado, que te voy a dar la última lección de hoy. Penetra mi cueva de jade mientras acabo de explicarte cómo son los chinos.

Y mientras Enzo gozaba de ella oyó palabras que le llegaban como desde el fondo de un valle:

—Suaves, pacientes, indiferentes, pícaros, pacíficos...

Él estaba ya perdido en las brumas de su placer.

—Conservadores, bribones, alegres, femeninos, intuitivos...

Ya no oyó más: la nube de placer disolvió su entendimiento y todo se paró. La risa de ella le despertó.

—Volvamos al buque insignia, que el almirante puede necesitarnos por distintos motivos.

La flota de Zheng He cruzó el océano Índico, conocido por los mercaderes de Asia hasta Ceilán, Bombay y Calicut, trufado de puertos comerciales en las costas de Malabar y Coromandel, y desde allí, en vez de poner rumbo a Adén y Basora en Persia donde Simbad era famoso y muy bien recibido, enfilaron las proas al suroeste. Hasta ahí sabían de las corrientes y los vientos a seguir.

En pocas semanas llegaron a Zanzíbar. Nada de esto era nuevo para los marinos chinos guiados por sus comerciantes, pero cuando Zheng He ordenó a la flota poner rumbo al sur por la costa africana, comenzó el viaje hacia lo desconocido.

Enzo vio un continente de tierra roja y árboles poderosos, mujeres negras altas y de finos rasgos, de miembros suaves y alargados, ojos rasgados, bocas sensuales que eran como las granadas al limón, cuando las comparaba con sus amigas chinas. Aquel continente era vigoroso y verde, muy tupido, lleno de fabulosos animales, pero pese a todo ello los asesores comerciales de la flota no quedaron satisfechos. Se lamentaron a Zheng He.

—Apenas tienen artesanía.

—Solo ofrecen frutas y maderas.

—Sus armas son lamentables, no resistirían ni a un malayo.

—Ni telas, ni cerámica, ni metales. ¿Qué podemos venderles si no tienen con qué pagarnos?

—¿Pieles de animales?

Zheng He ordenó inventariar los escasos productos encontrados en la costa y la isla de Madagascar y ordenó rumbo sur total hasta que acabara el continente y hubiera paso marítimo hacia el oeste.

Pasaron semanas, la flota repostaba agua y animales en la costa, fondeando en las desembocaduras de los ríos para usar el curso de estos y penetrar con barcos pequeños en el territorio desconocido. A cambio de alimentos ellos dejaban a los nativos frutas y verduras chinas, gallinas y cerdos para que se reprodujeran en el continente.

—Ya regresaremos algún día a recoger los frutos de estos obsequios, y ten por seguro que nuestra generosidad de hoy se verá recompensada con creces en el futuro —explicaba Simbad a Enzo, sorprendido por la pacífica actitud de intercambio de los chinos con los indefensos nativos. Enzo sabía de los pillajes y secuestros que italianos, españoles, portugueses, cualquier barco europeo que tocaba costas de Berbería, perpetraba sin escrúpulos.

—Nosotros no queremos ocupar, Enzo, queremos comerciar y que reconozcan nuestra hegemonía. Si pagan tributo al emperador les dejaremos seguir en paz bajo el cielo de la Gran Harmonía Confuciana. Sabemos de sobra que la verdadera conquista no es aquella que se hace por la brutalidad y la fuerza de las armas o por la superioridad de las tropas, siempre frágil y sanguinaria, políticamente inestable y turbadora del orden propio que la naturaleza impone, sino aquella que se deriva de la influencia cultural y la lenta transformación de las costumbres. Recuerda lo que decía Confucio: «El hombre bueno cuando busca beneficios habla de justicia.»

Doblaron el pico del continente y pudieron poner rumbo norte, como comprobó Simbad en la brújula de Feng-shui que viró noventa grados en su cama de agua.

Tocaron en siete ríos, debieron cambiar rumbo al oeste y luego seguir hacia el norte, hasta dar con unas islas paradisíacas en medio del océano que presentaban flores y pájaros nuevos, ajenos a los habituales en África. También detectaron los timoneles corrientes tropicales que invitaban a cruzar el océano con rumbo oeste. Simbad ordenó dejar África, cruzar hacia el nuevo continente, si lo hubiere, que probablemente sí existiría, ya que el mundo es agua y tierra, alternativamente.

Tras cuatro semanas de travesía llegaron a archipiélagos dorados, costas verdes, cielos diáfanos. Enzo bajó con los chinos, en pequeños barcos cruzó lagunas dormidas entre acantilados cubiertos de vegetación en donde se abrían oscuras grutas marinas, cruzaron lagos salados que si alguien se atreviera a atravesarlos a nado no se hundiría aunque vería cuartearse su piel e hincharse sus labios hasta casi estallar, mostraron su pericia con los remos haciendo pasar las delicadas embarcaciones auxiliares entre farallones de verdes laderas y valles de tono marrón, vieron todo tipo de flores y vegetación, árboles de altura tal que parecían escaleras para alcanzar el cielo poblado de pájaros de todo tipo de plumaje y tamaño, y deleitaron su vista con la belleza de las nativas de ojos verdes como las esmeraldas del paraíso y piel suave y morena que intentaban interrumpir o torcer su rumbo como aquellas sirenas que según cuenta el rapsoda ciego que cantó la caída de Troya obligaron al intrépido y astuto Ulises a atarse a los mástiles para no sucumbir a su canto, tan poderoso como para turbar la voluntad del hombre que se tuviera por más aguerrido y tan dulce como para que la prudencia aconseje a quienes no poseen la genealogía de los héroes sellar sus oídos con cera pues la música en el mar refuerza entusiasmos sin cuento ni leyenda.

Enzo bajó a tierra, se abrazó con aquellas mujeres y tuvieron que rescatarlo varios soldados de la guardia de Zheng He, porque el gozoso italiano estaba retrasando la marcha de toda la flota.

—Son más guapas que las italianas, Simbad, lo cual es mucho decir.

—A ver si resulta que me voy a perder algo inenarrable.

—No quiero bromear contigo sobre tema tan delicado, pero estas mujeres, te aseguro, son lo nunca visto.

La familiaridad de Simbad con Enzo y el cariño que el solitario almirante cobró al joven aventurero les había llevado a tutearse. Solo un extranjero hubiera osado dirigirse así al poderoso Simbad. Pero Enzo no se había lanzado a la aventura de los mares por azar. Para él la aventura era el descubrimiento, el conocimiento del mundo, la curiosidad de un joven inteligente y ambicioso de fama, fortuna, diversión. Había estudiado en Florencia la *Geografía* de Tolomeo que pocos años antes de nacer él había traído de Bizancio el erudito Manuel Chrysoloras. Después llegaría la de Estrabón y con ellas se había aglutinado en Florencia un grupo de estudiosos cosmógrafos, que culminaría en Paolo dal Pozzo Toscanelli. Pero eso sería en el futuro, por el momento Enzo sabía lo que todos aquellos que habían leído a Tolomeo: que el mundo era un globo, una esfera perfecta, que en los océanos había continentes y que: «Puede ser que en la zona templada existan dos mundos habitados e incluso más, especialmente en, o en torno, al paralelo de Atenas que cruza el mar Atlántico.»

—Simbad, si el mundo es una esfera, el continente que acabamos de abordar no puede ser más largo que África. Navegando rumbo sur durante las mismas semanas que subimos la costa occidental de África hemos de hallar un paso hacia el siguiente océano y su correspondiente continente.

—Con la cosmografía china en la mano no puedo pronunciarme sobre lo que dices, ni tenemos noticia de Tolomeo, pero con el sentido común te doy toda la razón. Navegaremos con rumbo sur y daremos la vuelta al mundo.

Los horrores del que luego se llamaría cabo de Hornos —y que ellos bautizaron como estrecho de la Cola de Dragón— no arredraron a la flota de Simbad, que salió, sin saberlo, al océano que llegaba a la costa de China; en ese mar no se encontrarían con ningún continente que les cerrara el paso, solo pequeñas islas y una muy grande. Las islas de ese mar ya las conocían los chinos por sus viajes hacia levante y, poco a poco, los pilotos de Simbad reconocieron que estaban en el océano que tocaba las costas de China.

No prestaron demasiada importancia a la gran isla, de la que se tenían referencias y que resultaba tan improductiva para el comercio como el continente de las hermosas mujeres. Les extrañó que ese continente apenas ofreciera riquezas comerciales, ya que los pueblos que lo habitaban estaban culturalmente por encima de África, pues se referían a ciudades esplendorosas sobre lagunas llenas de flores, a pirámides colosales y a templos antiguos donde se celebraban ritos religiosos regidos por un calendario. Pero pocos artefactos encontraron los chinos para comerciar con aquellos pueblos, y su ética no les permitía llevarse a los hombres como esclavos, menos aún a las mujeres, aunque Enzo intentó convencer a más de una para que se embarcara.

Habían pasado dos años desde que Enzo abordó la nave de Simbad en Malaca y habían vuelto cerca de aquel punto. Habían dado la vuelta al mundo, y cuando reconocieron el mar de Andamán, Simbad ordenó poner proa a Nanking.

3

Mandarines contra eunucos

Nadie se esperaba la fría acogida que les dieron los oficiales del puerto y de las aduanas. Enzo creía que a Zheng He los suyos le recibirían como un héroe y quedó muy contrariado por la indiferencia popular y por la frialdad de los funcionarios. Pronto descubrió el motivo. Zhu Di, el emperador amigo de Simbad e impulsor de los viajes había muerto. Zhu Gaozhi, su sucesor, se apoyó en los mandarines para gobernar y estos aprovecharon para desbancar del poder a los eunucos. El hijo y heredero imperial había promovido como ministro todopoderoso al jefe de la facción de los mandarines en detrimento de los eunucos.

Mandarines y eunucos era como el yin y el yang en la corte imperial. Los mandarines se ocupaban de la administración y gobierno del país, los eunucos de la del Palacio Imperial, en cuyo interior solo podían permanecer y morar ellos.

A partir de la dinastía Tang ser mandarín era un camino abierto a los jóvenes inteligentes y ambiciosos cuyas familias carecían de medios. Superando exámenes provinciales primero y trabajando luego en las prefecturas y, por último, en la capital, podían llegar al famoso examen que daba acceso a palacio. Si lo superaban, entraban a formar parte del poderoso grupo de los mandarines. Los chinos establecieron la primera burocracia meritocrática basada en la habilidad y la educación en lugar de la cuna o los derechos de propiedad. Se pensaba que así se mantenía la convivencia en continuidad con las tradiciones más arraigadas, a la vez que se favorecía tanto la iniciativa individual como la movilidad social. Cualquiera, con independencia de su origen, podía acceder a las más altas dignidades.

Los confucianos justificaban su autoridad en el dominio de los textos clásicos del confucianismo, así como en el conocimiento riguroso de un conjunto de libros. Estos libros, en concreto, eran los Cuatro Grandes Libros y los Cinco Clásicos, e incluían *Analectas* de Confucio, el *Libro de Mencio*, el *Gran Aprendizaje* y la *Doctrina del Justo Medio*. Se pensaba que eran el compendio de la sabiduría tradicional y que podían aplicarse a todos los seres humanos, en todas partes y en todo momento.

El dominio de los clásicos era la forma más elevada de la educación y la capacitación para el adecuado desempeño de cargos públicos. El confucianismo puso siempre un gran énfasis en el aprendizaje y el estudio como claves de la socialización, pues la interiorización de la moral era más importante que la fuerza punitiva de la ley, que solo debía aplicarse a aquellos que se mostraran incapaces de aprender buenas costumbres.

Si los mandarines lograban su rango por medio de estudios y exámenes, los eunucos lo obtenían a costa de su virilidad y su obediencia: más rápido y mucho más doloroso, pero sus ventajas no eran menos apreciadas que las de los mandarines.

Para empezar, los eunucos eran los únicos hombres a quienes se permitía entrar en los aposentos de la Ciudad Prohibida, reservados a la familia del emperador y a sus numerosas concubinas. Gran parte de la actividad cotidiana de la corte imperial era dirigida por el eunuco favorito del emperador, quien estaba al frente de un equipo imperial de miles de cocineros, jardineros, encargados de la lavandería o la limpieza, clasificados en una compleja jerarquía que podía llegar a tener hasta cuarenta y ocho niveles diferentes. Mientras que muchos ministros y altos funcionarios no podían dirigirse al emperador directamente —sencillamente, no les estaba permitido—, los eunucos lo veían diariamente y podían hablar con él con cierta familiaridad. No solo trabajan en estrecha colaboración con el emperador y su corte, frecuentemente se criaban con los príncipes y eran sus compañeros de juego. Así, nacían poderosas complicidades con quien sería luego coronado emperador. La constante presencia de los eunucos en el ámbito doméstico les daba ocasión igualmente para establecer estrechos vínculos con las mujeres de palacio. En algunos casos eran los únicos que estaban autorizados a verlas y que podían departir con ellas. Dado que normalmente el emperador pasaba sus días en los aposentos que tenía reservados en la Ciudad Prohibida, los eunucos se convirtieron en intermediarios claves entre el mundo exterior y el centro neurálgico del poder y la burocracia imperial. Cualquier alto funcionario o jefe militar que quisiese acceder al Hijo del Cielo aumentaba sus posibilidades de éxito si contaba con la colaboración de los eunucos. Además, tenían una longevidad superior que les permitía conocer como nadie los entresijos del palacio, pues acumulaban información y experiencia a través de diversas generaciones. En definitiva, cualquier funcionario o dignatario que quisiera mejorar su posición o sencillamente no tener problemas debía contar con su favor. Debe subrayarse que, pese a ese trato privilegiado, los eunucos no vivían en incuriosa holganza, como compañeros de juegos de niños y féminas. Los que destacaban por sus cualidades recibían una cuidadosa educación de élite que les permitía dedicarse a la milicia o convertirse en especialistas en las más delicadas cuestiones que afectaran la vida social o política del Imperio.

Los eunucos alcanzaron su máximo apogeo durante la dinastía Ming. En un principio, dada la obligatoria castración, fueron reclutados entre delincuentes, pero más adelante su procedencia se diversificó, sobre todo porque era necesario contar con un mayor número, y se deseaban garantías de comportamiento. Como normalmente lograban un conocido desahogo económico, los hijos de familias pobres de aldeas también pobres empezaron a castrarse con la esperanza de ser admitidos entre los servidores del emperador. Era una decisión arriesgada, porque la operación, dolorosa, podía ponerlos en grave peligro, a causa de las desconocidas infecciones, de remedio desconocido. Los asistía el barbero, que se convertía en depositario de los despojos y en fedatario de la fecha de la operación y de la identidad del paciente. De ser admitido el joven en el Palacio Imperial, con ocasión de cada nuevo ascenso o encargo, debía mostrar los restos de la operación que se guardaban confitados en una vasija de barro. Eran las tres joyas —testículos y pene— a que hacía alusión el nombre de San Bao.

Los eunucos vestían al emperador, le cocinaban, le acompañaban en sus tareas y deleites cotidianos, se ocupaban de las labores domésticas y participaban en las actividades nocturnas del emperador. El eunuco jefe de la Alcoba Imperial dirigía las relaciones nocturnas del monarca con sus concubinas.

Si el emperador se acostaba con la emperatriz, tenían que registrar la fecha para que sirviera de prueba en caso de concepción. Con las concubinas era más elaborado. Cada favorita tenía una placa verde con su nombre. A la hora de cenar, el eunuco jefe de la Alcoba Imperial ponía una veintena de placas en una bandeja de plata que presentaba al emperador junto con las viandas de la comida. En cuanto el emperador acababa de cenar, el eunuco jefe se arrodillaba ante él sosteniendo la bandeja por encima de su cabeza y esperaba instrucciones. Si el emperador no tenía ganas, despachaba al eunuco con un lacónico «Vete». Si estaba por la labor, escogía una de las placas y la giraba boca abajo. El eunuco jefe daba la placa a otro eunuco que era el encargado de llevar las concubinas desde el serrallo a la Alcoba Imperial. El encargado del transporte desnudaba cuidadosamente a la concubina elegida —la lentitud formaba parte de los protocolos que se enseñaban de generación en generación— y la envolvía en una tenue túnica de plumas. Luego se la cargaba a la espalda y la depositaba en la cama del emperador.

El eunuco jefe y el transportista permanecían delante de la puerta de la alcoba un cierto tiempo, al cabo del cual uno de ellos gritaba: «¡Pasó el tiempo!» Si el emperador no contestaba, repetían la llamada, y si tampoco respondía después de repetirlo tres veces, el eunuco entraba en la alcoba y se llevaba silenciosamente a la concubina, envuelta en una fina cubierta de seda. El jefe le preguntaba al emperador si deseaba que la concubina pariera en caso de estar embarazada. Si no quería, se tomaban las correspondientes e inmediatas medidas contraceptivas; si lo aceptaba, se registraba la fecha para que sirviese de prueba.

Este sistema fue impuesto por el emperador Shih-Tsu de la dinastía Ching para impedir que sus descendientes se excedieran con el sexo. Así, si el emperador quería meterse en el serrallo de las concubinas porque tenía un repentino impulso erótico, la concubina deseada por el emperador debía recibir una nota escrita por la emperatriz en que le comunicaba, muy escuetamente, que su majestad iba a visitarla. Sin el sello de la emperatriz, la nota no era válida y sin la correspondiente nota, al emperador, pese a su condición, no se le dejaba entrar.

Lo cual, si se analizaba desde una perspectiva histórica, no era descabellado, ya que pesaba mucho la historia de un joven emperador que fue atontado por el sexo continuo y obsesivo con hermosas mujeres y luego quien gobernó fue el eunuco, que firmaba los edictos en lugar de la exhausta víctima imperial. Y si algo no se podía hacer era delegar la autoridad divina, ni siquiera por complacencias urgentes.

Cuando los príncipes dejaban a su niñera, eran instruidos por los eunucos sobre cómo hablar, comportarse, los modales en la mesa y las demás etiquetas de la corte. Se ocupaban incluso de su educación sexual. A la vista de estas tareas, ¡qué tiene de extraño que los eunucos gozaran de enorme influencia sobre los emperadores! Ningún mandarín podía competir con la intimidad de los eunucos con el emperador y por eso la hegemonía de unos o de otros oscilaba en función del carácter de cada emperador.

Zheng He había sido favorito del cuarto hijo del emperador Zhu Yvan Zhang, que se llamaba Zhu Di, con el título de príncipe Yan. Como Zheng He era laborioso, cortés, despierto y listo, había destacado entre los esclavos y se le dio un entrenamiento militar, de hecho había participado en varias batallas siendo muy joven. Creció en el ejército y se hizo duro, fuerte, alto, de un modo que llamó la atención del príncipe Yan. Cuando murió el padre del príncipe, hubo una guerra civil por la herencia y Zhu Di, con la ayuda de Zheng He entró en Nanking y se proclamó tercer emperador de la dinastía Ming con el nombre de Cheng Zhu o Yongle. Nombró a Zheng He eunuco imperial del Departamento Interior y luego gran almirante.

Aun recordaba las instrucciones que le había dado su amigo emperador al día siguiente de sentarse por primera vez en el trono del dragón:

—He dado órdenes de construir la más grande de las flotas que nunca haya tenido China. Hoy mismo quiero que se empiecen a construir las naves que han de convertir al Celeste Imperio en la primera potencia marítima del mundo. Y deseo que tú, Zheng He, te pongas al frente de ellas.

—¿Por qué yo, señor? —preguntó Zheng He.

—Te conozco desde niño, Zheng He, cuando me fuiste asignado como sirviente. Crecimos juntos y eso nos permitió compartir aventuras. Desde la infancia hemos vivido y estudiado juntos y eso ha establecido entre nosotros una relación muy estrecha. Sé desde siempre tu gran valía, por eso me ocupé personalmente de que recibieras la instrucción y los conocimientos que junto a tus cualidades te iban a permitir destacar y adquirir prestigio. Sé que eres un hombre honesto y leal tanto a mi persona como al Imperio, y estoy convencido de que siempre pondrás los intereses de China por encima de los tuyos.

—Señor, tened por seguro que no os defraudaré en nada que esté en mis manos.

—Quisiera exponerte ahora los motivos que me inducen a tomar esta decisión. Supongo que ya te imaginas que, aunque no sean desdeñables, no son los fundamentales.

—Tenéis razón. El comercio de China con el exterior funciona perfectamente sin necesidad de proyectos de gran envergadura. Los comerciantes chinos conocen desde hace siglos el *Chu Fan Chih*, el manual para uso de los viajeros comerciales por el sureste de Asia y la India.

—Los motivos e intenciones que me mueven a realizar estas expediciones es crear, mejorar o restablecer relaciones diplomáticas con otros países. Como sabes muy bien, estas relaciones se vieron abiertamente deterioradas durante el tiempo en que mi tío estuvo en el poder. El objetivo es crear una red de alianzas imprescindible para recuperar la confianza de los países extranjeros y mostrar qué tipo de liderazgo puede establecerse y cuál es el sistema de jerarquías y dependencias más favorable para articularlo. En aras de ese conocimiento es imprescindible hacer detallado inventario de sus riquezas, reseñar sus recursos naturales, su fauna y flora, y propiciar el intercambio tanto comercial como de conocimientos científicos y técnicos que pudieran, siempre en el plano de la colaboración y el beneficio mutuo, mejorar las relaciones con los otros pueblos, y transmitirles una imagen de China y de sus gentes como seres pacíficos y respetuosos con tradiciones y costumbres diferentes a las suyas propias. Por otra parte, aunque ninguno de los países vecinos puede constituir una amenaza real para el Imperio, ni siquiera en Asia Central el poder del Gran Khan, deseamos una buena relación con ellos.

»En cualquier caso, parece recomendable fomentar las relaciones con aquellas naciones o pueblos que fueran potenciales aliados o vasallos del Celeste Imperio o que pudieran proporcionar información de nuevos enemigos y, por tanto, disuadirlos de cualquier intento de alterar la seguridad y estabilidad política. También creo que esta política será bien vista por las diferentes facciones que me prestaron apoyo en la lucha dinástica contra mi sobrino.

»Zheng He, ¿estás de acuerdo conmigo en que no existe ninguna amenaza real para nosotros en este momento?

—Estoy de acuerdo, señor. Ni siquiera Tamerlán el turco, que recientemente se ha instalado en Asia Menor, y a pesar de que de él se dice que posee un gran ejército, puede hacernos frente con mínimas garantías. En cualquier caso, nunca está de más contar con aliados porque aunque hoy no los necesites, mañana puedes necesitarlos.

—Desde el punto de vista del equilibrio de poder en China, ¿crees que aquellos que fueron mis aliados para convertirme en emperador se sentirán satisfechos por esta medida?

—El partido de los eunucos es el más interesado, dada su rivalidad con los mandarines confucianos que, como sabéis, no solo se han mostrado desde hace años contrarios a explorar las tierras del mundo para fomentar el comercio, sino que también son poco partidarios de una política exterior activa. Además, y no se os escapa, son reacios a que los eunucos ocupen puestos de responsabilidad en el ejército y en la administración del Imperio. Los eunucos, los míos, señor, si me permitís la licencia, por el contrario, desean extender la navegación hasta los últimos confines del mundo para recibir la influencia y los tributos de bárbaros de ultramar, adquirir noticia de sus conocimientos y atraer a todos bajo el cielo a civilizarse en la Gran Harmonía Confuciana.

—Pero no pensaba que fueran los únicos en beneficiarse de una política expansionista...

—Y no lo son. Los budistas, que cada vez ganan más adeptos con influencia en la Ciudad Prohibida, verán con buenos ojos la medida, pues al quitarle poder a los confucianos se sentirán beneficiados, y además, a la larga, siempre puede suponer para ellos una oportunidad de extender su fe. Asimismo, y aunque no lo necesiten, los comerciantes también darán por buena la medida. La flota les presta apoyo en aquellos lugares estratégicos en que su labor puede verse amenazada y por tanto donde aumente el riesgo del tranquilo desempeño de su tarea. Podrán, así, llevar a cabo su labor con mayor tranquilidad y podrán extenderse hacia puertos que hoy no frecuentan por inseguros.

La elección de Zheng He, más allá de la simpatía y amistad que el emperador pudiera sentir hacia aquel hombre que le acompañaba en su vida desde los once años, se debía al factor religioso. Zheng había nacido en Yunnan, que en sus orígenes formaba parte del Imperio mongol, nació y se crio en el seno de una familia musulmana antes de ser capturado por el ejército chino. Durante toda su vida se mantuvo devoto creyente en la fe del islam. Además, el tiempo que había pasado en palacio también le permitió alcanzar un profundo conocimiento del budismo, que gozaba de una gran aceptación en China durante ese tiempo. La ruta que Zheng tendría que tomar a través del mar de China Meridional y el océano Índico lo llevaría a muchos países de fe islámica o budista, por lo que era importante que entendiera esas culturas y religiones. Eso le permitiría conectar mejor con la gente del lugar y la realeza.

Además, Zheng He había estado en palacio largo tiempo y por lo mismo se informó acerca de los asuntos políticos. Estos factores le confirieron una valiosa experiencia en asuntos políticos y militares. Este tipo de experiencia era esencial en un viaje que iba dirigido a crear relaciones diplomáticas con otros países, porque lo hacían más abierto a respetar y comprender la cultura de otros países. Era muy importante fomentar buenas prácticas y mejorar la comprensión mutua, y eso hacía de Zheng He una excelente opción para estar al frente de tan ambiciosas expediciones.

Pero el tiempo lo cambia todo y esa política quedó abolida al morir el emperador Yongle. El nuevo emperador, Hongxi, canceló el viaje de la flota el mismo día en que asumió el trono. Asimismo puso en libertad y restauró en su cargo como ministro de la guerra al mandarín Liu Daxia, que había sido depuesto y encarcelado por Yongle debido a sus protestas por el elevado coste de las expediciones.

A diferencia de Yongle, Liu Daxia había recibido una educación confuciana y apoyaba plenamente a los mandarines en detrimento de los eunucos.

Cualquier duda que le quedara a Simbad quedó despejada cuando el nuevo emperador le dio audiencia en la Ciudad Prohibida para dar cuenta del viaje ante la corte.

—Los océanos más allá de la India contienen dos continentes, y en nuestro mar hay millares de islas de todos los tamaños. Gentes muy diversas habitan en todas esas tierras, no hay ninguna vacía.

Liu Daxia interrumpió sin ceremonias:

—Las expediciones de San Bao al océano occidental han costado millones en granos y monedas, y se cuentan por miles los que han hallado la muerte en esos viajes.

—Un precio indispensable para conocer las rutas marítimas del mundo y saber los artículos comerciables que hay en los distintos continentes —adujo Simbad.

El mandarín cortó sarcástico:

—Cañas de bambú, betel, huevos de avestruz, racimos, granadas, cuentas de vidrio, perlas... Nada, baratijas que China no necesita. El Imperio del Centro produce en abundancia todos los artículos que deseamos, ¿para qué viajar tan lejos si solo tienen abalorios inútiles?

—Debo reconocer —concedió Simbad— que por esos mundos tienen pocas cosas que comerciar con nosotros, les aventajamos en artes, ciencias, y disponemos de toda clase de mercancías y artefactos: seda, porcelana, muebles de bella factura, papel... Sin embargo, con el mayor respeto, quiero deciros que el comercio nunca fue el principal motivo de la misión que me fuera encomendada.

La enumeración de lo que China producía y los extranjeros carecían amenazaba con volverse interminable. El emperador, impaciente, desdeñoso, zanjó el debate.

—Lo que los bárbaros extranjeros tienen para comerciar que no sea por la Ruta de la Seda no nos interesa. Sus beneficios son tan exiguos que en modo alguno justifican el elevado coste que supone mantener la flota, máxime si tiene las dimensiones de la nuestra. Carece por completo de sentido mantener el comercio de forma tan perjudicial para la buena administración de las arcas del Imperio cuando nada de lo que se encuentra allende nuestras fronteras tiene para nosotros el menor interés o supone adquirir conocimiento de descubrimientos que anteriormente no hayan sido ya desarrollados por nuestra propia ciencia.

»Es cierto que el comercio también supone ciertos ingresos resultantes de la venta de nuestras propias mercancías. Pero dado que el gusto de otros pueblos no coincide con el nuestro, y vista su desconfianza hacia lo que procede de Catay, tampoco eso hace suficientemente lucrativas nuestras expediciones. En lo referente a nuestras exportaciones, las posibilidades crematísticas de estas están suficientemente cubiertas por el tráfico de mercancías por la Ruta de la Seda. No es el momento de comerciar, ahora no hay nada que pueda mejorar nuestras vidas y, en cambio, los peligros de mantener una navegación marítima de tales dimensiones son notorios porque detraen dinero al ejército de tierra. Tal vez en el futuro se produzcan novedades que nos aconsejen desplegar de nuevo por los mares nuestra flota.

Aunque estos argumentos no convencieron a Zheng He, este no procedió a refutarlos ni presentó argumentos que pudieran convencer al resto de los presentes. Sabía que, por muy acertados que estos fueran, por mucho que intentara exhibir las mejores galas de su retórica, la suerte estaba echada. Los argumentos de poco sirven cuando se enfrentan a decisiones fruto de los intereses políticos o de grupos de presión que mantienen profundas e insalvables diferencias desde hace siglos y cuya alternancia en el poder marca los vaivenes que desde tiempo inmemorial cambian la fortuna de civilizaciones e imperios, naciones, provincias o ciudades. El poder cambia de manos haciendo que tras tiempos de auge y esplendor vengan tiempos de estancamiento seguidos de otros de decadencia, según siempre expresó el severo juicio de los ciclos que marcan el ritmo de la vida y de los tiempos tal y como repetidamente expusieron los sabios y el Emperador Amarillo en el *Libro de los Cambios*.

Zheng He se inclinó. Comprendía que una vez más los mandarines habían derrotado a los eunucos en la pugna para controlar las voluntades imperiales.

Se retiró a su palacio junto al río en las afueras de Nanking, cerca de los astilleros, y allí tuvo que ver cómo las atarazanas eran abandonadas, los barcos dejados a medio construir, los canales cegados. Sintió el dolor y la tristeza de los hombres que ven cómo su mundo se derrumba sin poder hacer nada para evitarlo. La soledad que rodeaba su existencia se hacía ahora más ingrata y difícil de soportar.

Poco después, recibió el devastador edicto imperial:

Todos los viajes de los barcos del tesoro deben cesar. Todos los barcos atracados en Taicang deben volver a Nanking y los artículos a bordo de ellos deben ser entregados al Departamento de Interior y almacenados. Si hubiere enviados foráneos deseando regresar a su país serán provistos de una pequeña escolta.

A aquellos oficiales que estuvieran en el extranjero se les ordena regresar a la capital de inmediato y todos aquellos designados para futuros viajes deben regresar a sus hogares.

Se detendrá inmediatamente la construcción y reparación de los barcos del tesoro. Las tablas de madera *tieli mu* para naves se reducirán a lo que eran en tiempos del emperador Hongwu. Cualquier tarea adicional debe cesar. Todas las provisiones para expediciones al extranjero (con la excepción de los artículos ya entregados en los depósitos oficiales), la acuñación de monedas de cobre, compras de almizcle, cobre y seda deben detenerse. Todos aquellos implicados en tales compras deben regresar a la capital.

Las órdenes sugeridas por los mandarines cayeron como losas sobre el ánimo de Simbad; sus maravillosos descubrimientos serían ignorados, quizá para siempre, y la relación entre los continentes del mundo detenida por capricho de aquel emperador dominado por los mandarines.

Lo que deseaba ahora era no quedar relegado al olvido por la historia. La historia es injusta se decía y muchas veces silencia grandes empresas y enaltece otras banales. Debía hacer lo que tantas veces viera en otros, buscar que sus méritos fueran conocidos y aceptados como tales sin avergonzarse de mostrarlos con habilidad. Necesitaba ordenar sus cuadernos de bitácora, las anotaciones de sus travesías, hablar con los cronistas que le acompañaron en su periplo y, fundamentalmente, asegurarse de que cuando muriera alguien se ocupara de continuar y completar su tarea.

Decidió transmitir a Enzo los conocimientos que le permitirían velar por su fama y todo aquello que consideraba esencial poner en su conocimiento para completar su formación, incluido el perfil de su gran enemigo, el nuevo ministro de la guerra, el mandarín Liu Daxia.

Liu había nacido en una familia campesina en el oeste de China, pero estaba tan convencido de su propia valía que optó a los exámenes imperiales: era egocéntrico y narcisista. Estaba seguro de sus posibilidades porque no pensaba renunciar a cualquier tipo de trampa que le permitiera aprobar con nota los exámenes. En el examen de su prefectura copió, en el de la capital envió a otra persona disfrazada de él y en el de palacio urdió un plan demencial, pero que le funcionó.

Estaban los candidatos a mandarín en la sala de exámenes. Ocuparon sus puestos alejados unos de otros y escucharon las preguntas:

¿Cómo la poesía prepara la mente para un cargo administrativo?

Comenta estas palabras de Confucio: «A los quince años empecé a interesarme seriamente en los estudios. A los treinta había formado mi carácter. A los cuarenta cesé de sufrir perplejidades. A los cincuenta comprendí la voluntad del cielo. A los sesenta nada que oyera me perturbaba. A los setenta podía divagar en mis pensamientos sin conculcar la ley moral.»

Comenta los seis defectos según Confucio: si un hombre ama la bondad pero no ama el estudio, su defecto será la ignorancia. Si un hombre ama la sabiduría pero no ama el estudio, su defecto será tener ideas fantasiosas e inconsistentes. Si un hombre ama la honestidad pero no ama el estudio, su defecto será una tendencia a estropear y desbaratar. Si un hombre ama la simplicidad pero no ama el estudio, su defecto será la rutina. Si un hombre ama la valentía pero no ama el estudio, su defecto será la violencia. Si un hombre ama la decisión pero no ama el estudio, su defecto será la obstinación.

Estas cosas tuvo que comentar Liu Daxia para ser mandarín y se afanó en ello porque recordaba la máxima más exacta de todas: «Aprende a manejar un pincel de escritura y nunca manejarás un cuenco de mendigo.» Durante el examen pidió permiso para ir al servicio donde le esperaba un eunuco sobornado por él con textos preparados sobre las preguntas.

Una vez admitido en la casta del mandarinato, buscó puesto en la capital y se metió en el Ministerio de Guerra. Desde allí pudo contrarrestar la influencia de los eunucos, que controlaban la marina, por medio de su influencia en los generales del ejército de tierra.

Dado que los mongoles eran como los torrentes, que de cuando en cuando invadían el territorio, Liu esperó a que apareciera una invasión por el norte para manipular al emperador en favor del ejército que debía defender la Gran Muralla y así abolir la flota.

Las embarcaciones se deterioraron y los astilleros

fueron abandonados. Los marineros fueron reasignados para reparar el palacio real en Nanking, construir el mausoleo de Yongle, cargar grano en el Gran Canal o combatir en Vietnam. En solo una generación, el Celeste Imperio pasó de tener la flota más poderosa del mundo a ver como sus embarcaciones dejaban de aventurarse más allá del estrecho de Malaca. Cuando el eunuco Wang Zhi, el inspector de Fronteras, pidió los registros de viajes de Zheng He, con la intención de reafirmar la autoridad china en los mares de Asia, Liu Daxia, ahora ministro de Guerra, ordenó destruir los archivos de las expediciones por su convicción de que la preocupación por el mundo fuera de China era perjudicial para el Imperio.

Aquella misma noche, soldados de la guardia imperial ocuparon los edificios de la comandancia y procedieron a saquear las bibliotecas donde se guardaban los registros de los viajes de las naves de Simbad y de todos los almirantes chinos. Los viajes debían ser olvidados, aniquilados, como si nunca hubiesen existido, y la vida de Simbad un sueño estéril, como él.

Lo peor de todo es que los cuadernos de bitácora y, sobre todo, los irreemplazables mapas de los continentes del mundo y las rutas marinas para alcanzarlos irían a parar a manos de Liu Daxia. Simbad no se resignaba a perderlos. Intentar recuperarlos por medios violentos era difícil y arriesgado. Enzo se dio cuenta del dolor de su amo y para aliviarlo le sugirió un plan de acción:

—Vamos a espiar a Liu Daxia y recuperar lo que más nos importa; tendremos que usar vuestras influencias en la Ciudad Prohibida. Algún día se reemprenderán los viajes y vuestro nombre, honrado Simbad, sonará como el del más grande explorador de la historia, el marino por antonomasia.

—Ya he visto que tienes una poderosa imaginación y astucias varias. Dime, ¿qué necesitas?

—A Mi-Fei —contestó el italiano sin dudarlo.

4

El mandarín Liu Daxia

El mandarín Liu no era viejo pero se acercaba al declive definitivo. Era un hombre robusto que cultivaba los cinco sentidos, convencido de que solo la sensación física, filtrada por una sensibilidad refinada como la que él poseía, podía aportar algún interés a su vida privilegiada. Había apaciguado su vista con las sombras del crepúsculo, su oído se había emocionado más de lo debido con la música del ocaso y su olfato gozaba del incienso crepuscular; no tenía hambre y decidió relajarse con el tacto.

Llamó a su nuevo criado rubio, regalo de Zeng He, y le ordenó:

—Tráeme a la muchacha del barco.

Enzo se inclinó y mintió:

—Simbad ha podido escoger en todos los puertos del mundo. Esta es una siamesa de Malasia que sabe poesía.

Mi-Fei entró en el esplendor de su belleza realzada por la túnica de seda abierta y transparente.

—Señor.

El saludo sonó a burla cuando ella se inclinó ante el viejo y lo miró con arrogancia. Eso excitó a Liu Daxia. Ella le miraba desafiante y con desprecio. Liu se sentía avergonzado pero también especialmente excitado pues todo aquello le sumía en un estado de morbosa tensión: por un lado le gustaba demasiado aquella mujer que sexualmente ya era su esclava, y por otro lado deseaba humillarla para vencer, o peor aún, vengar su gusto por ella, que sentía como una dependencia.

Ordenó al cocinero que la drogara y exigió a los criados, entre los que se encontraba Enzo, que la llevaran a su cámara privada con orden de que nadie los interrumpiera durante tres días.

Mi-Fei yacía sobre el tatami en el suelo, inconsciente, respiraba profundamente. Liu Daxia dio la vuelta en torno a ella mirándola detenidamente para acrecentar su deseo. Apartó la seda de la ligerísima bata que la cubría. Ella, como si lo percibiera en su letargo, se giró para darle la espalda: el hombro y la cadera formaban una ondulación en la estrecha cintura, que era el secreto de la belleza de Mi-Fei y de tantas mujeres, pensó Liu, pero esa le atraía especialmente. Los cabellos negros, lacios, largos y lucientes cubrían la almohada.

Liu se tumbó y yació junto a ella, apretado contra su espalda. Cuando notó que empezaba a despertar, pasó un cinturón de seda por su muñeca derecha y lo ató a la base de la columna cercana, estirando lentamente hasta que el brazo quedó extendido por detrás de su cabeza. La tensión forzada del hombro alzó los pechos de Mi-Fei, que exhaló un suspiro abriendo los ojos: su mirada turbia, embotada por la droga, los hacía aún más bellos, como si sobre el gris verdoso de su jade se posara una nube de humo.

Sin comprender lo que pasaba y sin fuerzas para resistirse por los efectos de la droga, sintió que su brazo izquierdo atado también por la muñeca se tensaba más allá de su cabeza. Liu Daxia, que necesitaba menos que eso para desatar su lujuria, le ató también los tobillos, dejándole un poco de movimiento. Cuando la tuvo así, completamente abierta y expuesta a su merced, amenazó:

—Es inútil que grites. He despedido a los criados. Y no volverán hasta que yo les avise. En este lugar nadie puede oírnos.

Mi-Fei, que al despertarse empezó a comprender lo que estaba pasando, le dirigió una mirada arrogante y voluptuosa: la mirada que una joven segura de su belleza dedica a un viejo excitado que quiere poseerla. Él, para castigarla, comenzó a desnudarla de lo poco que la cubría. Puso sus dos manos en los hombros y apartó la seda hasta dejar los pechos descubiertos. Ella le miró con furia. En su afán de humillarla comenzó a acariciar circularmente los pezones hasta que despertaron y se ensancharon erguidos, contra su voluntad. Acercó sus labios marchitos hacia ella para besarla, trató de introducir su lengua entre sus labios sin conseguirlo, pues ella giraba su cabeza de un lado a otro furiosamente, tratando de zafarse de aquel beso amargo y triste. El mandarín desistió finalmente de besarla y bajó su cara para acercarse a los senos de la muchacha, que acarició con su lengua repetidamente y que después pellizcó suavemente uniendo los dedos pulgar e índice con rapidez, solo un instante. Liu Daxia vio cómo los pezones de la muchacha se erguían mostrando que la habilidad de sus caricias había arrancado a la joven al menos un instante de placer. Sintió entonces el inicio de una erección, al ver reconfortada su virilidad por aquel signo de placer. Acercó su pene hacia ella y siguió acariciando los pechos con un roce circular. Al cabo de un tiempo, los labios de ella se entreabrieron, a su pesar, en un rictus de placer y dolor.

Cuando Liu vio que había despertado la tenue sombra de placer que acompaña al dolor, deslizó las manos por su cuerpo. Ella inició movimientos bruscos a un lado y a otro tratando de zafarse. En vano: las ataduras estaban tensas y sus muslos apenas pudieron ladearse unos centímetros. Él aplicó la boca en sus pechos y comenzó a bajar. Mi-Fei respiraba de un modo espasmódico, exhausta por su inmovilidad.

Enzo, que estaba viendo todo desde un escondite se quedó paralizado: su prudencia le aconsejaba no intervenir, ya habría tiempo de mitigar la rabia de Mi-Fei, incluso de vengar las afrentas. No eran tiempos en que una esclava pudiera resistirse a un mandarín. Los esclavos eran como pájaros enjaulados, perros sumisos, mascotas del amo.

Oyó los gemidos de rabia y placer que exhalaba Mi-Fei mientras él abandonaba su escondrijo. Salió de la casa y se dirigió a la gran mansión que Simbad poseía cerca de los astilleros. Ella ya sabría cómo espabilarse.

Cuando llegó, la casa estaba en completo desorden: los criados intentaban impedir que un nutrido pelotón de soldados imperiales enviados por el partido de Liu Daxia registrara los papeles del almirante.

—¡Es orden del emperador! —argüían los soldados para no herir a los criados.

—No sin el permiso de nuestro amo —replicaban estos.

Entonces, en la galería superior apareció la gigantesca figura de Simbad. Su visión acalló el clamor y dejó a todos quietos por un momento. El almirante les tiró su espada y se retiró sin decir palabra.

Los soldados pasaron a registrar la casa y se llevaron cuanto quisieron. Enzo, que venía del mal rato de ver a su amada ultrajada por el mandarín, también artífice de aquella injusticia, entró furioso en la estancia del almirante.

—¡El emperador os ha abandonado!

—Nada nuevo, querido amigo. La rivalidad entre mandarines y eunucos no es de hoy: dura diez siglos. A veces dominamos nosotros, luego vuelven a mandar ellos.

—¿Qué sentido tiene despojaros de vuestros documentos?

—No quieren que quede rastro de mis viajes.

—¿Pero por qué destruir un legado que solo beneficia al Imperio?

—Porque no es el momento.

Enzo no comprendía, su cara de asombro compelió a Simbad a explicarse.

—¿Has visto lo que hemos recogido en los viajes? Cocos, uvas, granadas, huevos de avestruz: tonterías al lado de nuestra seda, porcelana, especias, brújulas. Nada hay en el mundo que necesite el emperador, y que no cubra el comercio por tierra. Se acabó.

—¿Pero por qué quiere Liu Daxia borrar los rastros de vuestros viajes? ¿Por qué extirpar hasta el recuerdo de ellos?

—Los mandarines temen una invasión mongola y no quieren desviar un solo dinero de las defensas terrestres. Viajar por esos mundos es un lujo, repeler al mongol una necesidad vital.

5

La sociedad secreta de mujeres

Mi-Fei cumplió a la perfección su cometido. Sabía que la única forma de escapar de la lujosa estancia del mandarín era agotarle en el combate amoroso de tal modo que, finalmente derrengado y satisfecho, no tuviera otra opción que rendirse al sueño. Enzo aguardaba fuera, en la amplia explanada que se abría tras el jardín de nenúfares; bastaba con que abriera la ventana lo suficiente para que ella pudiera escapar. Así pues, se entregó a la tarea con la máxima astucia. Provocó a aquel hombre fingiendo que sus caricias y embestidas habían conseguido finalmente excitarla. La vanidad satisfecha del mandarín por haber conseguido arrancar de aquella flor gemidos de placer y pequeños gritos de dolor, hizo que su imaginación aumentara su lascivia. Le suplicó que la cabalgara en posiciones especialmente fatigosas y continuó alimentando su ego. Estaba convencida de que eso le impulsaría a mantener el vigor de sus embestidas y a tratar de aumentarlas, para satisfacer sus supuestas exigencias. Y así, el hombre que se cree agotado, al oírlas, todavía encuentra una última reserva de coraje. Los espasmos anuncian el orgasmo y la anhelada rendición. El mandarín se tendió finalmente junto a ella reteniéndola aún en sus brazos. Su respiración, primero agitada, ligeramente bronquial, se fue haciendo pausada, después tranquila y progresivamente rítmica. «¡Se ha dormido!», exclamó Mi Fei para sus adentros. «Abre el cajón de la mesa de palisandro laqueada, el tercero si empiezas a contar desde tu izquierda —le habían dicho—, ahí están los cuadernos de bitácora del almirante.» El cajón estaba cerrado, pero vio un manojo de llaves bien nutrido; ya se sabe que los hombres poderosos tienen muchas llaves porque el poder, a fin de cuentas, se mide en llaves. Mi-Fei es rápida —de niña, era buena con los rompecabezas, recuerda— y acierta a la primera. Los cuadernos, rescatados. Los planos, enroscados uno encima de otro, en una mesa de mármol justo delante de la chimenea... todos juntos, tal vez preparados para servir de yesca. Una vez que lo ha reunido todo enciende un fósforo, otro. Es la señal convenida con el joven italiano. Este cruza el jardín, los nenúfares ya empiezan a tener un perfume favorable, pero aún no pueden cantar victoria. Finalmente, la vidriera de grueso cristal cede ante la habilidad de Enzo para ganarse el favor de las puertas. Salen de la casa, silenciosos y al tiempo gráciles, moviéndose con gestos felinos, como llevados por un ballet frenético que les asegura unas líneas en la historia. Sexo, mapas, llaves y un poco de destreza.

Ella salió más furiosa que maltrecha del palacio del mandarín y le espetó a Enzo:

—No tenemos mucho tiempo hasta que Liu Daxia nos eche en falta. Por cierto, vaya trabajito que me buscaste.

—No me culpabilices, a grandes males, grandes remedios.

—Ya te habría gustado a ti hacerme eso.

—Ahora que lo dices, no digo que no.

—Voy a ser yo la que te ate y verás la gracia que te hará.

—Pues por los suspiros que oí no parecía disgustarte del todo.

—Coge tus cosas y despídete de Simbad, que no volveremos aquí jamás, como no sea prisioneros. Hay que huir y lo más lejos posible.

—¿Adónde iremos?

Mi-Fei no respondió. Ordenó a Enzo que la siguiera a un caserón en las dársenas de Nanking. Allí solo había mujeres y los únicos hombres eran criados. Le llevó ante la Gran Dama de la orden, la vieja Hu-Shu que le observó con atención.

—¿Esto es lo mejor que has encontrado? —espetó la anciana a Mi-Fei, que sonrió al ver la cara de susto de Enzo.

—Gran Dama, no corren tantos europeos por Nanking, no están a la venta, tuve suerte de que Simbad se lo quedara como prisionero de guerra.

—Llévatelo y muéstrale los secretos, pero no le hables.

Así Enzo, que desde que llegó a China iba de asombro en sorpresa o espanto, vio en los salones de la casa a mujeres que bordaban toda clase de encajes aplicando diversos puntos con unas agujas minúsculas de plata. No le pareció que aquello fuera un negocio para la exportación y se percató, en cambio, de que las mujeres bordaban al dictado, como si pusieran en los encajes textos que solo ellas y otras iniciadas en los significados del lenguaje bordado podrían descifrar.

La Gran Dama le observaba, displicente. Al poco, como si advirtiera que las elucubraciones del italiano merecían una explicación, se dignó descifrarle en qué consistía todo aquello. Y le habló del nüshu, una lengua que solo hablan y escriben las mujeres.

—Tres días después de casarse, las mujeres regresaban a casa de sus padres hasta que, cuando daban a luz a su primer hijo, se les permitía vivir con sus maridos. Durante ese tiempo aquellas desventuradas mujeres debían mantenerse alejadas del trato con los varones y para ello se trasladaban a las montañas que rodeaban las ciudades de sus progenitores, en general en latitudes marcadas por temperaturas extremadamente frías. Allí convivían únicamente con otras mujeres, en su misma situación. De este modo se formó la comunidad de las mujeres de las montañas de Jon Tang y allí nació el nü-shu, un lenguaje con el que ellas se comunicaban entre sí o escribían sus mensajes en todo tipo de objetos. Se dice que este lenguaje era secreto, pero el único secreto que encierra es que es ininteligible para los hombres, porque los hombres son tan obstinados que no quieren escuchar nunca a las mujeres. Ellas empleaban este lenguaje en las fiestas que se celebraban después de sus esponsales o en las oraciones fúnebres con que lloraban la muerte de sus maridos al quedarse viudas. Además, ciertas fiestas locales y festivales se observaban exclusivamente por mujeres, como las que se celebraban durante los quince días del primer mes y el octavo día del cuarto mes del calendario lunar.

—Pero ¿las mujeres llegaron a vivir solas, alejadas de los hombres en las montañas, como las Bacantes? ¿Era un período de tiempo o se recluían para siempre? —preguntó Enzo.

La Gran Dama no le escuchó y prosiguió.

—En estos momentos, las mujeres locales se reúnen y entretienen hasta altas horas de la noche, en hablar, leer y cantar en nüshu. Estas actividades colectivas entre las mujeres locales fueron el caldo de cultivo más indicado para que en el distrito de Jiang Yong surgiera una literatura con el aura distintiva de la literatura femenina.

—¿Y en qué consistía esa literatura, Gran Dama?

—Por regla general, los poemas narrativos y baladas escritas en nüshu no son creaciones originales sino que proceden del patrimonio oral. Sin embargo, las obras escritas en nüshu muestran el acento propio que las mujeres de Jiang Yong les dieron y también muestran los secretos sutiles del mundo espiritual interior de las mujeres. Las obras escritas en nüshu tienen diversas temáticas y motivaciones, pero todas ellas desvelan como tema fundamental la independencia de la mujer. Es una independencia siempre precaria en un mundo dominado por los hombres. En el universo del nüshu, los hombres suponen una permanente amenaza para el afán de libertad de las mujeres y su ansia de hacerse con las riendas de su vida. Las historias que se cuentan entre ellas como una poderosa iniciación están protagonizadas por mujeres fuertes decididas a luchar por su independencia. La imagen de lo femenino en la literatura nüshu muestra mujeres dotadas de luminosa confianza en ellas mismas y con el vigor propio de las trabajadoras. Por el contrario, los personajes masculinos de estas obras tienden a ser débiles, desconfiados y cautelosos, en contraste con la situación real en China, en la que los hombres son por lo general dominantes. Todas las narraciones son un alegato en favor de la igualdad entre hombres y mujeres. La heroína de Zhu Yingtai lo demuestra cuando decide disfrazarse de hombre para conseguir hacer realidad sus ambiciones académicas.

Y la Gran Dama declamó un fragmento, como si fuera un monólogo teatral, con sobria parsimonia y delectación:

Una mujer capaz puede sostener su posición entre un millar de hombres, al igual que un buen caballo puede ser siempre el favorito en una carrera frente a numerosos adversarios.

Luego respiró hondo, miró a Enzo y continuó.

—Otras narraciones ponen el énfasis en el empeño de esas mujeres en casarse con la persona de su elección, y se muestran perseverantes y valientes contra todo aquello que pueda suponer un obstáculo a sus pretensiones. La mujer joven en «Anécdotas de la Tercera Hija» prefiere mantenerse junto al hombre que ama y pasar privaciones a su lado antes que casarse con otro de buena posición, según era la voluntad de sus padres. —Aquí la Gran Dama cerró los ojos y se concentró, de nuevo en recitar un texto:

Los funcionarios y los ricos
pueden disfrutar de su honor y riqueza.
Yo me siento satisfecha con mi sencilla existencia.
La riqueza y la pobreza pueden cambiar por arte
*   [del destino*
o trocarse mediante el trabajo y el esfuerzo.
Los hombres cuidan del ganado y las mujeres tejen,
laboriosidad ciertamente el hambre no cultiva,
incluso el río Amarillo algún día
ve bajar sus aguas limpias.
¿Cómo podría ser que nunca la suerte o
la buena fortuna se dejaran caer por aquí?

—Las heroínas muestran siempre una gran dignidad y fuerza de carácter en su búsqueda del amor verdadero pues, como dice Mencio, «el poder de la riqueza y de los honores están lejos de poder seducirlas y la pobreza o la necesidad incapaces de hacerlas abandonar sus principios».

»Todas estas historias muestran un profundo desprecio por los señores feudales y los mandarines. Los hombres fueron educados en los conceptos acuñados en la doctrina de Confucio de que "el camino que conduce a ser funcionario es la carrera natural para un buen estudiante", y la mayoría están convencidos de que su trabajo, incluso si es ignorado durante años, encontrará una gran recompensa cuando consigan "El objetivo más alto y el mayor logro para un hombre [que] es entrar en la burocracia merced a su propio esfuerzo, y eso honra a su familia y antepasados".

»Las heroínas de la literatura nüshu no comparten este punto de vista. Se muestran contrarias a que su marido las abandone en busca de fama y riqueza. En la sociedad feudal china las principales normas morales que una mujer tenía que seguir eran las "tres obediencias" (a su padre antes del matrimonio, a su marido durante el matrimonio y a su hijo después de la muerte de su marido) y las "cuatro virtudes". Estos preceptos, concebidos como de estricta observancia para todas las mujeres, suponían una restricción severa para ellas, tanto física como mentalmente. Los relatos de las heroínas y sus aventuras reflejan su rechazo frontal a la moral confuciana.

»En las historias nüshu interviene Lord Bao, quien aparece para defender la justicia y castigar el mal. Lord Bao fue un funcionario de la dinastía Song idealizado por la literatura posterior como un dechado de honradez y rectitud. Él encarnaba las esperanzas y los ideales de pobres y oprimidos, y se le atribuyen poderes sobrenaturales. En "La Niña de las Flores", el señor Bao, que se lanza a castigar el delito cometido contra la señora Zhang, en el proceso de desafiar no solo al suegro del emperador sino también al emperador y la emperatriz, que intentan interceder en su favor, se constata su dignidad:

Lleno de furia, Lord Bao maldijo al rey fatuo,
"El suegro del emperador debe ser castigado
por violar la ley. ¿Por qué intentan interceder
con un edicto imperial, tan improcedente ahora?"
Las palabras de la emperatriz,
tratando de justificarse
merecieron la desaprobación de Lord Bao,
que así recriminó su actitud:
"Por respeto a Su Majestad,
debo derrocarles del trono."

»Existen también otras deidades populares que se sienten llamadas a ayudar a los protagonistas y a transformar las calamidades en bendiciones. Una de esas deidades es el Emperador de Jade, que es la suprema deidad en el sur de China, donde el taoísmo predomina. El Emperador de Jade envía a su emisario, el Lucero Vespertino, a inspeccionar el bien y el mal en el mundo. Vespertino ayuda a las heroínas nüshu a superar las adversidades con sus grandes poderes mágicos. Cuando una joven se queja del abandono de su esposo después de haber conseguido convertirse en un alto oficial del Imperio, él interviene. —La Dama recitó una vez más, ante el respeto maravillado de Enzo:

Cuando el rostro de la joven
amargas lágrimas cubren,
llega el lucero de la tarde al mundo terrenal,
y una transformación mágica
al malvado hombre convierte
en vendedor ambulante.

»Nosotras hemos adoptado el nüshu como nuestra lengua secreta, lo hablamos entre nosotras y lo utilizamos como una forma de comunicación que pueda viajar por el mundo y llevar un mensaje sin que nadie pueda descifrarlo porque solo lo conocemos nosotras y un grupo de mujeres que lo hablan, escriben y lo utilizan para expresar sus quejas. Nadie ajeno puede descifrarlo. Para conseguirlo sería necesario conocer a alguien que pueda descifrar al menos algunas palabras, y ese alguien no existe. Nosotras guardamos celosamente las expresiones, las construcciones, el ritmo. Su fuerza. Y es que nos sentimos las herederas de esas mujeres sensibles y valientes que querían tener la posibilidad de ser ellas mismas. Nos sentimos sus herederas y nos sabemos depositarias de su saber. Es una gran responsabilidad, que permite, incluso, sobrevivir a la tristeza.

»Has visto, Enzo, lo que muy pocos hombres en China conocen, y solo algunas mujeres, escogidas; se llama nüshu y es un lenguaje secreto, nuestro lenguaje secreto, el de nuestras madres y el de nuestras hijas y nietas. Es el lenguaje que nos abre puertas y nos ayuda en la desgracia, el lenguaje que acomoda nuestra soledad y alegra la lluvia o el frío. Lo has visto tú por dos razones: porque jamás volverás a China y porque has de saber a ciencia cierta para quién trabajas: debes transmitir los mapas de Simbad a Europa tal y como nosotras te ordenemos.

Hizo una pausa, algo cansada, y prosiguió:

—Nuestro designio no tiene prisa ni demora, sabemos que durante siglos los viajes de Simbad serán olvidados, pero nuestra sociedad los recordará cuando llegue el momento de comerciar a fondo con el mundo. No dejaremos a los mandarines, o a los eunucos, ni siquiera a los emperadores, que malgasten la información reunida por Simbad.

Enzo estaba estupefacto. La Gran Dama siguió:

—Queremos que los europeos salgan a navegar como nosotros, que unan el mundo con sus puertos y sus naves. Cuando ellos hayan conectado el mundo, será nuestro momento.

Y dirigiéndose a Mi-Fei, ordenó:

—Dale los mapas.

Mi-Fei puso la cartera de sus fatigas en manos de Enzo.

—Simbad los hizo, nosotras los hemos rescatado de las llamas en que la furia de los mandarines los hubieran hecho arder. Él no podrá ver el día, pasado el tiempo, años, décadas o siglos, en que llegue el momento de que China vuelva a abrirse al exterior para ocupar en ese mundo que está por venir el lugar que merece. Pero nosotras, esta sociedad de mujeres que hoy tienes el privilegio de ser de los pocos hombres —por no decir el único— que la conocen, sí estará. Nosotras estaremos allí. El nüshu nos ayudará a mantenernos en contacto y guardará celosamente nuestro secreto. Tú serás nuestro instrumento. Ya sabes lo que tienes que hacer: llévalos a Europa, labra con ellos tu fortuna y cumple tu promesa con Zheng He.

Enzo no quiso hacer ningún comentario. Solo le interesaba una cosa.

—Supongo que tenéis un medio de sacarme de Nanking. El mandarín despertará y se dará a todos los diablos. Tal vez empiece a buscarme y quiera ponerme una soga al cuello.

—Una caravana está aparejando para salir hacia Samarkanda. Irás camuflado en ella y, para tu mayor sosiego y felicidad, te acompañará Mi-Fei.

—Señora, eso no es una huida, es una luna de miel.

—Vete con tus embelecos a Europa y embauca a quienes pueden usar los mapas.

6

El regreso de Enzo

El mandato de la sociedad secreta de mujeres había sido categórico, pero sin prisas, pues evidentemente el plan podía tardar siglos en materializarse; Enzo, por su parte, tampoco necesitaba apresurarse pues sabía que introducir la idea de los grandes viajes en las mentes de los comerciantes florentinos, portugueses, catalanes o genoveses necesitaría buenas dosis de persuasión, porque una cosa era jugarse el dinero en el Mediterráneo o de Génova a Amberes por los ríos, y otra mucho más arriesgada armar navíos destinados a cruzar océanos para ellos ignotos.

Y si conseguir el dinero sería difícil, cuánto más elevar el nivel intelectual de quienes debían decidir los viajes. ¿Cómo persuadir a los príncipes, dogos o *signorie* de que apostaran su prestigio y aportaran sus avales financieros a empresas jamás intentadas hasta entonces?

Sabía muy bien Enzo que, en sus derroteros por las costas de África, habían encontrado muy pocos barcos, portugueses todos, y en el centro del Atlántico ninguno. ¿Cómo y a quién entregar aquel mapa que mostraba la Antilla, los vientos occidentales, la corriente favorable a la travesía?

Salir de China no fue tarea fácil, porque Liu Daxia sospechaba de él tras el hurto perpetrado por Mi-Fei, y porque cualquier movimiento suyo podía ser detectado por el servicio secreto de los mandarines. Para esperar la caravana de venecianos con la que saldría se trasladó a las cuevas budistas de Dung-Huan en el inicio de la Ruta de la Seda.

Para matar el tiempo divagaba por aquellos templos que eran cuevas y donde los monjes budistas dispensaban sus enseñanzas a quienes las desearan: le dieron a leer el *Lankavatara Sutra* y la *Sutra de Hui-Neng*.

La meditación no era lo suyo. Al contrario, incrementaba su desazón. Mi-Fei tuvo que adiestrarlo.

—Vacía tu mente mirando la llama de una vela o cantando Om. Deja pasar los pensamientos que surgen en ella como si oyeras llover o si escucharas voces en el valle. El yoga consiste en parar los movimientos espontáneos de la mente.

—¿Por qué ese empeño en vaciarla?

—Porque todo está en la mente, Joven Dorado. Somos lo que pensamos y nos hemos convertido en el fruto de pensamientos anteriores.

Enzo se esforzaba. Mi-Fei, que ya había conseguido la iniciación en su monasterio, se reía de las frustraciones del joven aventurero metido a aprendiz de monje.

Cuando iba a partir la caravana, vinieron soldados a controlar las mercancías y Enzo tuvo que ocultarse. Mi-Fei le llevó a Turfan y le escondió en las pequeñas cuevas que los budistas ocupaban en aquel oasis de Asia Central.

—Quédate aquí mirando la pared, como Bodhidharma, y llegarás a la iluminación si practicas lo que te he enseñado.

—Me aburre mortalmente meditar.

—Más valdrá que mueras de aburrimiento que a manos de los mandarines.

Y es que hay personas negadas para la meditación porque no tienen intuición espiritual. Enzo era una de ellas. Más allá de la materia, de lo que le entraba por los cinco sentidos, de lo que pesaba y medía, no era capaz de captar nada. Ni siquiera soñaba: era el tipo más materialista que había conocido Mi-Fei. «Estos italianos, como ya tienen su jefe religioso en Roma, no creen necesario creer en nada», pensaba Mi-Fei, que insistió en que meditara en la cueva de Turfan, tanto sí como no, recordándole repetidamente que los mandarines habían dado una orden de búsqueda contra él. Más valía protegerse, aunque los días se parecieran demasiado unos a otros.

Al cabo de unos meses que se le hicieron larguísimos, Enzo vio la luz, literalmente, pero era la del final del túnel de su cueva, el día que Mi-Fei vino a sacarlo para incorporarle a otra caravana que pasaba hacia el puerto de Basora.

—Adiós, mi Joven Dorado, esta es la última vez que nos besaremos. Que el Tao sea contigo.

—No estés tan segura. Puede que un día me veas volver, y será en barco.

—Si así fuera, habrías cumplido la misión que te hemos encomendado.

Una vez que llegó al puerto de Basora, regresar a Italia para Enzo fue cosa de coser y cantar, comparado con las aventuras que había acumulado por los mares del mundo. Sabía todos los puertos de la ruta hacia Adén, por dónde cruzar el istmo del Sinaí. Una vez en Alejandría decidió quedarse unos días y finalmente se dirigió a Chipre.

Enzo, que pasaba por Chipre camino de Livorno, visitó Famagusta, la capital de la isla. Era, además, una ciudad llena de febril dinamismo. La caída de Acre la había convertido en la primera plaza comercial de Oriente. En su catedral de San Nicolás, los reyes de Chipre eran coronados reyes de Jerusalén. En la misma plaza de la catedral y del palacio episcopal se desarrollaban a pleno ritmo las obras del palacio real. Al otro lado de la calle podía observarse la iglesia y el convento de los franciscanos rodeados de amplios terrenos. Su fundación recordaba el paso de Francisco de Asís por la isla.

Colindante con los terrenos del convento franciscano, hacia el norte, se hallaba la lonja de los genoveses, cuya hegemonía se iba acentuando; a finales del siglo XIV los genoveses se harían amos de la ciudad y se considerarían independientes respecto del reino de Chipre. Casi en el extremo norte de la calle principal quedaba el convento de los dominicos.

Las órdenes militares, por su parte, no tenían una presencia muy relevante en la ciudad. Los hospitalarios mantenían abierto un hospital, mientras los templarios se habían limitado a habilitar como albergue alguna de sus propiedades en la ciudad. Lo suficientemente digna, con todo, para que Jacques de Molay pudiera residir en Famagusta con miembros de la orden.

Enzo entró en una taberna situada cerca de la lonja de los genoveses para almorzar. Eligió de entre las posibilidades que se le ofrecían la que le pareció que podría permitirle disfrutar de la mejor gastronomía. Pensaba además si en aquel lugar existía la posibilidad de pernoctar e incluso, llegado el caso, procurarse la compañía de alguna mujer con la que poder, ya con el estómago lleno, satisfacer las necesidades propias de un varón, una mujer que accediera a acompañarle por gusto o por la necesidad de algunas monedas. Cuando ya había encargado la comida vio entrar a un hombre con las facciones demudadas por la desesperación. Como una exhalación aquel hombre fue a sentarse a una mesa cercana en donde, desde hacía un rato, permanecía un hombre de aspecto distraído y que por sus facciones y vestimentas parecía pertenecer a la judería.

Al ver llegar a aquel hombre con los ojos seguramente enrojecidos por el llanto, el hombre de aspecto judío exclamó:

—Almafagusta.

—Cap de Llagosta —contestó el otro.

Acto seguido, los dos hombres empezaron a hablar; especialmente el que acababa de entrar, que exponía sus quejas al otro de aspecto sereno aunque circunspecto. A Enzo le pareció familiar la lengua en la que hablaban, aunque tardó en darse cuenta de qué idioma se trataba y en recordar que lo había escuchado en la infancia en algunos veranos en que con su familia viajaron a la isla de Cerdeña. El acento era ligeramente distinto aunque sin duda se trataba de catalán, valenciano o mallorquín, pues tales eran las diferentes variedades de aquella lengua dulce y de vibrantes oclusivas.

Una vez que el desventurado amigo abandonó la mesa, Enzo sintió curiosidad por su vecino y trató de entablar con él una conversación amistosa.

—La hermosa lengua que hablabais es lemosín, ¿verdad?

—Catalán-mallorquín —contestó el hombre con aspecto de judío—. Soy mallorquín. Me llamo Pedro Martín. Y me dedico al comercio de especias.

—Encantado de conoceros. Yo soy ciudadano de Florencia, ciudad a la que espero regresar después de un viaje que me ha ocupado toda la vida, pues me fui de allí cuando acababa de cruzar el umbral de la pubertad.

—¿Y qué hicisteis durante tiempo tan prolongado?

—Navegar, conocer mundo. Conocí los mares del Sur y el mar de la China.

—¿Y de qué forma orientan sus naves en aquellos mares?

—En general utilizan brújulas —contesto Enzo sorprendido por la pregunta.

—Sí, claro, por supuesto. Lo que os preguntaba es

cómo calculan la latitud. ¿La calculan a partir de la desviación de la polar en relación con una barra de estrellas?

—En efecto, así lo he visto hacer en general a muchos navegantes, y no solo en tan lejanos mares.

—Pero... ¿son más frecuentes los que utilizan el armilar que el nocturlabi?

Ante preguntas tan impropias en alguien que no fuera estrellero, Enzo empezó a sospechar que aquel hombre ocultaba tras su supuesta actividad de comerciar con especias algún secreto.

—Me llama la atención y provoca en mí notable curiosidad que un buen cristiano que está aquí en Chipre para actividades tan prosaicas como la venta de pimienta y otras especias tenga conocimientos geográficos tan precisos e impropios de quien no haya navegado y empleado horas y jornadas en el estudio de la trigonometría y la preparación de cartas de marear para navegantes.

El buen hombre esquivaba como podía las preguntas del italiano. Pero este no cejaba en su empeño. Finalmente, el desconocido admitió:

—En efecto, señor, soy mallorquín como os había dicho, pero no me llamo Pedro Martín sino Gabriel de Vallseca, judío converso hoy en día, procuro no llamar demasiado la atención.

—¿Y sois geógrafo?

—Sí, pertenezco a la Escuela cartográfica de Mallorca. ¿La conocéis?

—La verdad es que no. Pero contadme, veo que no es casual que hayamos coincidido.

—Después os tocará a vos. Ya sabéis, *quid pro quo*.

—*Quid pro quo*, por supuesto.

—Aunque la escuela mallorquina existiera antes que él, su cosmógrafo más importante ha sido Jafuda Cresques, hijo de Abraham Cresques, también cosmógrafo y dedicado a la cartografía. Ambos eran, como yo, judíos. Jafuda se hizo muy conocido cuando el príncipe portugués Enrique el Navegante le llamó para que dirigiera la recién creada Escuela de Sagres, en el sur de Portugal muy cerca del cabo de San Vicente. A Jafuda en Portugal le llamaban Jacopo y os puedo asegurar que a don Enrique no le costó mucho conseguir que se trasladara a Sagres y se pusiera al frente del grupo de cartógrafos, muchos de ellos también judíos mallorquines, que allí se reunieron, debido a las matanzas de judíos que hubo en Mallorca.

—¿Y don Enrique de qué conocía a los Cresques?

—Cualquiera relacionado con la cosmografía conocía a los Cresques. Jafuda Cresques vivía en Mallorca en unas casas colindantes al portal y huerto del Castillo del Temple, dedicándose a la confección de cartas e instrumentos náuticos. Lo llamaban *lo jueu buxoler* (el judío de las brújulas), y tenía gran fama de experto, por lo que demandaban sus obras, no solo los mareantes, sino también príncipes y reyes.

—Tal vez tuviera Cresques alguna relación con los templarios. Si era así seguro la conocería don Enrique siendo como era el Gran Maestre de la Orden de Cristo.

—Tal vez... Pero creedme que los cartógrafos mallorquines de la época eran muy prestigiosos y cualquier persona informada lo sabía.

—Se remonta muy atrás el origen de este interés en la navegación y en las cartas de marear...

—Las primeras cartas náuticas en Mallorca datan según creo de las primeras décadas del siglo XIV. ¿Vos no tenéis noticia de un viajero mallorquín llamado Ramon Llull o Lulio?

—Lo siento. No soy precisamente un erudito aunque he navegado durante toda mi vida y tuve en ese oficio un maestro incomparable: el almirante chino Zheng He, con el que pude llegar a lugares que si os dijera tal vez no creeríais.

—Lo comprendo, el mundo es muy grande. Pero os recomiendo intentéis haceros con algún libro de Lulio, que, sin duda, ha sido uno de los más sabios, cultos y valientes viajeros que hayan dado los tiempos.

Ambos hombres hicieron entonces una pausa para ordenar que se les sirviera el almuerzo. Cuando ya la pulsión intestinal que al parecer les consumía, si nos atenemos a la fruición y rapidez con la que dieron cuenta de aquellos alimentos, empezó a verse saciada, Gabriel de Vallseca tomó la palabra de nuevo.

—Ya que hablamos de Lulio, aparte de su relación con los mapas, permitidme que os cuente que precisamente aquí en Limassol tuvo lugar hace un siglo el memorable encuentro entre Llull y el caballero francés Jacques de Molay, el héroe de San Juan de Acre, gran maestro de la Orden de los Templarios. Eran tiempos difíciles para el Temple, no les quedaba un asiento en tierra firme, tras perder su colosal fortaleza de Acre, el ápice de su poderío en ultramar. La Orden se había refugiado en la isla de Rodas en espera de recibir refuerzos para emprender una nueva cruzada. Para lo cual, Jacques de Molay contaba con las gestiones de su viejo amigo Ramon Llull.

»Aquellos dos viejos leones, que habían consumido la vida por causas ajenas a sus intereses materiales, personales o familiares, que solo vivieron para la religión o los peregrinos o la conversión de judíos y mahometanos, se encontraban al final de su vida vieja, decrépitos, fatigados y, peor aún, desengañados:

»—El Concilio de Viena del Delfinado... —murmuró Llull.

»—¿Dónde?

»—Muy cerca de Lyon, a una jornada de la gran ciudad.

»—¿Os recibió el papa? —inquirió de Molay.

»—Naturalmente, soy amigo del rey de Francia, que aprobó mis libros y varios cardenales me conocen bien.

»—¿Le presentasteis nuestra demanda?

»—De las tres cosas que le propuse: fundar colegios de lenguas orientales, la unificación de las órdenes militares para liberar Tierra Santa y la supresión del averroísmo, solo quisieron oír la primera.

»—¿Abandonar Outremer?

»—¿Qué?

»—Jerusalén, Tierra Santa; las tierras que conquistó Godofredo de Bouillon y hemos defendido durante doscientos años —se lamentó Jacques de Molay.

»—Ya sacaron de ellas, incluso de Bizancio, todo lo que podían saquear y no les interesan.

»—Pues los puestos de Tierra Santa son vitales: la ruta de las especias y la seda que atraviesan Asia y de la que hace poco volvió Marco Polo el veneciano, acaban en Acre, Alepo, Beirut.

»—Os diré algo peor, caballero de Molay: mis confidentes íntimos, que los tengo cerca del papa y de Felipe el Atrevido, me insinúan que no solo desean abandonar Tierra Santa, están pensando en abolir la Orden del Temple.

»El viejo Jacques de Molay lanzó un respingo, su cara estaba lívida.

»—¡Qué decís, Llull!

»Ramon recapituló para hacer corta una larga explicación.

»—Debéis estar preparado para la disolución de la Orden Templaria: si no hay Tierra Santa no hay peregrinos y sin ellos no hay Orden del Temple. Pero no os aflijáis, podemos crear un Nuevo Mundo lejos de la Tierra Santa e incluso de la Vieja Europa.

»De Molay estaba mudo.

»—No os sigo.

»—Los teólogos romanos se han enfrentado a los bizantinos y han adoptado una nueva estrategia en la actuación sobre el mundo: si Jesucristo, argumentan, todavía no ha vuelto a este mundo, como había prometido, es porque el mundo es demasiado malo para que Jesús pueda convertirlo, con su segunda venida, en su nueva morada. Por consiguiente, es necesario fundar un Nuevo Mundo.

»—Ahora ya estoy totalmente perdido —suspiró el viejo caballero.

»—Vos no me seguís porque os falta mucha información que yo he acumulado en mis viajes y que ahora no tengo necesidad ni tiempo para comunicárosla. Creedme, Jacques de Molay: se puede fundar un Nuevo Mundo en Occidente.

»—¿Dónde?

»—Más allá de las Columnas de Hércules.

»—Eso es el océano, el Mare Ignotum.

»—Ya no lo es tanto, y de eso debéis saber vos bastante, pues las flotas templarias lo han explorado en repetidos viajes.

»—Secretos... —se apresuró a apostillar el gran maestre.

»—Quiero —dijo Ramon Llull—, que enviéis a los últimos templarios con vuestros mapas secretos, vuestros descubrimientos marinos y los instrumentos de navegar a Portugal. Que refundéis allí la Orden, bajo otro nombre y que la dotéis del tesoro del Temple para que desde allí vuestros caballeros naveguen al oeste y funden el Nuevo Mundo, nuevo y limpio, inmaculado, tanto que en él se pueda volver a encarnar Jesucristo: la Segunda Venida en el Nuevo Mundo.

»De Molay se incorporó al oír estas palabras sublimes.

»—Novus Ordo Seculorum —exclamó titubeando.

»—Así es —confirmó Llull, dejándose caer en la silla—. Dad órdenes para que vuestros mejores hombres emigren a Castilla y Aragón y, de ahí, a Portugal. Que se pongan a las órdenes de los príncipes portugueses y les ayuden a fundar una escuela de navegantes.

»—Serán las últimas órdenes que daré, me temo.

»—La historia os lo reconocerá.

»—¿Y quién sabrá lo que hemos hablado vos y yo?

»—Eso dejadlo en mis manos —concluyó Llull—. Os recuerdo que he sido trovador y escrito quinientos libros.

Así acabó Vallseca su narración y le guiñó el ojo a Enzo.

—Ya veis que se ha sabido, puesto que os lo estoy contando.

Luego Enzo le contó su historia. Antes de despedirse, Vallseca insistió en pagar. Enzo se hizo de rogar al principio y al final terminó por aceptar.

—¿Que celebramos? —preguntó Enzo.

—He vendido una carta de marear a muy buen precio. Y precisamente a un florentino —le dijo Vallseca—. Me toca.

—¿Puedo saber su nombre?

—Américo Vespucio.

7

Enzo en Florencia

Cuando Enzo regresó finalmente a la ciudad que le viera nacer había cruzado ya el umbral de la mitad de su vida. Volver a Florencia, donde se había criado, le reconfortó: comenzaba a sentirse un desarraigado, un chino impostor o un renegado musulmán.

Tras tantos años alejado de su patria, se sentía Enzo más ajeno y extranjero incluso de lo que en otro tiempo se sintiera mientras recorría el mar de la China con el almirante eunuco o visitaba ciudades y países tan distintos y se mezclaba con hombres que profesaban credos variados. Eran tiempos en que observar otras culturas le fascinaba, y especialmente conocer más sobre las divinidades a las que rendían culto, a las que hacían sacrificios para conseguir tierras fértiles, abundancia para los cultivos, o enlaces conyugales favorables. Quería saberlo todo de aquellas deidades que otorgan serenidad a los hombres que las complacen con sus ofrendas o se muestran piadosos según los dictados de la tradición. Pensaba que el conocimiento sobre las religiones y los dioses era la culminación de su condición de extranjero, pues pese a todo él seguía ligado a su propia cuna florentina. Sin embargo, cuando regresó a Florencia tuvo miedo de sentirse más próximo a lo que había conocido con minuciosidad de entomólogo o de copista medieval que de sus propias gentes. Y decidió recuperar, aunque fuera parcialmente, su condición de florentino. Así pues, la primera tarea a la que Enzo decidió entregarse fue obtener información sobre quiénes eran los hombres más influyentes en la Signoria y, de entre ellos, quiénes podían serle más útiles para acceder a la presencia de Lorenzo de Medici, al que ya entonces llamaban el Magnífico, en condiciones favorables para cumplir la promesa hecha a Zheng He.

Muchas veces había oído a su padre hablar de la inesperada información que poseen sobre la vida de las ciudades y sus habitantes aquellos que por su profesión frecuentan a los influyentes en situaciones en que estos se sienten relajados y en confianza porque quienes escuchan sus cuitas carecen de oportunidad e incentivos para perjudicarles; siempre, claro está, que reciban por sus servicios paga generosa y puntual. Tal es el caso, por ejemplo, de los sastres y barberos o, igualmente, libreros, joyeros o comerciantes en obras de arte, que dan ocasión a los acomodados de mostrar agradable presencia, dar muestra de su cultura o alardear de su gusto por las artes y mostrar, sin ser tenidos por fanfarrones, que su bolsillo les permite adquirir cosas de tanto valor que otros ni aun empeñando su propiedad más preciada podrían procurarse.

Así pues, pensó que en su primera visita tenía que dirigir sus pasos hacia el sastre de su padre, que le conociera de niño. Lo recordaba con ternura por su carácter bondadoso y la generosidad con que le obsequiaba golosinas, le fabricaba curiosos objetos de papel u otros artefactos que en la fértil imaginación de la infancia fácilmente se convertían en juguetes maravillosos y daban motivo a juegos e ilusiones felices y variadas.

La visita al sastre resultó entrañable. «El tiempo pasa y todo cambia», pensó Enzo al ver al antiguo sastre familiar del que tan buen recuerdo conservaba. Andaba el hombre ahora cojitranco, encorvado, y su barriga, si antes prominente, ahora parecía dispuesta a estallar. Su nariz dejaba ver unas venillas entre rojo y violeta trazadas por los años y el gusto por los espíritus. Una enorme papada daba igualmente testimonio de que a su afición por los caldos de Montepulciano la acompañaban abundantes pitanzas. Sin embargo, mantenía el buen hombre un talante cordial y afectuoso. No había perdido su gusto por la conversación ni por mantenerla con ingenio, verbo fácil y frase certera. Cuando vio a Enzo entrar en el taller, lo miró primero con ese gesto tan común cuando se ve a alguien que se conoce pero que no se sabe quién es.

Cuando le dijo su nombre, abrió los brazos como si fuera a abrazarle pero no dio ni un paso pues la obesidad se lo desaconsejaba. Con voz de barítono ligeramente ronca exclamó:

—¡Bendito sea el Señor! ¿Qué ha sido de vuestra vida durante todos estos años? Desde que vuestro padre, que bien seguro en la gloria está, muriera muchas veces he pensado en qué lances andaríais metido. Supe por vuestra madre que marchasteis a China, y que navegasteis en unas embarcaciones enormes con un marino al que llaman Simbad.

—Así es, a rasgos gruesos, Jacopo, así es. Pero ya pasó. Y bien, contadme qué hacéis vos. Cómo os van las cosas.

—No me quejo. Trabajo poco pues la vista no deja de hacerme trastadas pero con la ayuda de mis hijos me defiendo.

—Habladme de ellos. Cuando me fui erais un solterón empedernido. No serían pocas las veces que oí decir a mi madre que loado sería el día en que encontrarais una mujer con quien compartir vuestras cuitas.

—Pues así fue. La encontré, me dio hijos y van a cumplirse ya más de cinco años que el señor se la llevó.

—Quisiera conocer a vuestra prole.

—Con sumo placer.

El buen hombre empezó a dar voces hasta que dos mozalbetes, un varón y una hembra, entraron en aquel desordenado taller que más que taller parecía una *mirabilia* de la confección. Tijeras de todo tipo, retales de telas variadas con predominio de las de lana, algunas sedas, brocados, ligas, calzas. Un enorme acerico de terciopelo con agujas de cabeza que parecían piedras preciosas, aunque eran meras cuentas de colores.

—Contadme pues, Jacopo, vos que frecuentáis a la flor y nata de esta ciudad. Qué ha sucedido durante estos años por la Signoria. ¿Qué se cuece hoy por aquí?

—No diría tanto como que fuera la flor y nata.

—No os quejéis, hombre, que bien feliz y satisfecho os encuentro.

—La verdad es que yo echo de menos los tiempos de Cosme el Viejo. Es cierto que era un hombre sin escrúpulos, como se dice en todos los rincones de la ciudad, pero no lo es menos que sabía como nadie hacer que todo funcionara.

—¿No os parece Lorenzo un buen estadista?

—No he dicho yo lo contrario, pero mantener el equilibrio se hace día a día más complicado. La guerra con Milán y Pisa ha dejado bastante temblorosa la hacienda de la Signoria y nosotros tenemos ahora que pagar los desperfectos. Los impuestos nos ahogan. Y aun no me importa porque Lorenzo, ni de lejos, es lo peor que pudiera sucedernos.

—Pero la estabilidad se mantiene...

—Ya sabéis que esta es la ciudad de las intrigas. Sin duda uno de los momentos más difíciles fue el intento de asesinar a los Medici por parte de los Pazzi, que los enfrentamientos entre notables han sido más importantes en Florencia que los que se libraron contra ejércitos extranjeros.

—Intrigas tanto como envidias, padre —terció el hijo de Jacopo—. Ya sabéis que la envidia más que la fe mueve montañas. En esta profesión se ve más que en otras. Y de las envidias surgen las intrigas y de las intrigas nada bueno nunca viene.

—Pero ha sido lo de los Pazzi lo peor de estos años.

—Lo de los Pazzi fue dramático, horrible, conmovió la ciudad hasta los cimientos. Después vino la guerra con Nápoles apoyado por el papa. Suerte que ahí el Medici estuvo fino. Y se fue a ver al rey de Aragón y terminó el asunto.

Así fue enterándose Enzo de los asuntos que más impacto causaron a sus paisanos durante sus años de ausencia. De ahí salió vestido completo con calzas y jubones, camisas acuchilladas, trajes de encima, dos capas, garnacha y hopa, zapatos de terciopelo, borceguíes y tocados.

Tras visitar al sastre, Enzo se dirigió a casa de los Maquiavelo. Como ya le habían dicho, el viejo Maquiavelo estaba enfermo y Enzo tuvo que entrevistarse con su hijo Nicolás. Era este muy joven, de mediana estatura, flaco y erguido como una escoba y cara de lagartija, con ojos como brasas oscuras, y mirada divertida y socarrona que no era capaz de disimular una sonrisa complaciente.

Enzo no tardó en darse cuenta de que la formación de aquel joven era muy elevada y casi increíble para su edad. Había leído a Virgilio, Tíbulo y Ovidio. Y a Tucídides, que relató aquella guerra entre Esparta y Atenas que laceró a Grecia; Plutarco, que contó las vidas de los grandes políticos, capitanes y legisladores griegos y romanos; Tácito, que nos legó la corrupción y la perfidia de Tiberio, Calígula y Nerón; y, sobre todo, ese Tito Livio que su padre, Bernardo, había ganado con tanta fatiga y que retiró del taller del encuadernador dejando, como pago a cuenta, «tres botellones de vino tinto y un botellón de vinagre».

Nicolás acompañaba su erudición con una manera de hablar clara, sin subterfugios. A Enzo le pareció sincero, entusiasta, dado a las bromas con un toque impertinente y un talante pesimista. En la mesa del pequeño estudio en que le atendió se podía ver el *De rerum natura* de Lucrecio. De estas lecturas —decía— nacieron sus dos grandes pasiones, el amor por los antiguos y la historia. En los antiguos héroes romanos y griegos veía ejemplos de virtud, valentía y sabiduría, que resplandecían con inmensa grandeza al compararlos con la corrupción, la vileza y la estupidez de los modernos.

—Veo que tenéis a Lucrecio en un altar —dijo Enzo para ser cortés y romper el hielo.

—Hasta tal punto que paso horas durante el día y a veces se las quito al sueño para transcribir con diligencia ese poema: al hacerlo consigo ejercitarme en el latín y me procuro una copia que pueda siempre tener cerca para leerla y releerla.

Después de un cambio de impresiones, de muestras de interés por la salud del padre, cumplidos y parabienes, Enzo le lanzó una pregunta obligada y en alguna medida retórica:

—Decidme... ¿Qué opinión os merece Lorenzo de Medici?

—Admiro sin reserva alguna al príncipe Medici. Ha conseguido que durante estos últimos años Florencia alcance la estabilidad y la prosperidad: ¿qué más se puede desear?

—Que duren —dijo Enzo con una sonrisa.

Hicieron una pausa y Maquiavelo dijo, curioso:

—Permitidme, señor Enzo, que me tome la libertad de preguntaros por qué abandonasteis Florencia.

—Sabéis lo necesario que es para un hombre la presencia cercana de sus progenitores, especialmente de su padre, que es quien más se ocupa o debe ocuparse de forjar el carácter de los hijos varones. Durante toda mi vida, por el contrario, yo me vi constantemente privado de su presencia. Cuando preguntaba, ya fuera a mi madre, a otros familiares, o a los mayordomos o sirvientes por mi progenitor, la respuesta era invariable. Estaba de viaje ocupado en negocios o misiones que yo ignoraba por completo.

—Sostenía mi padre que vuestro progenitor era un generoso protector de las órdenes militares de la cristiandad.

—Un día me confesó su condición de soldado de Cristo —reconoció Enzo—, y me habló de los viajes a Tierra Santa para convertir a los infieles a la única fe verdadera que predicó nuestro Señor.

»Inmediatamente, procedió a indicarme que sin descuidar el ejercicio de las letras me formaría fundamentalmente en el manejo de las armas para que pudiera continuar la tarea a la que él había dedicado la mayor parte de su vida, luchar contra los infieles...

»Yo nunca había pensado en dedicarme a tales menesteres y sentía, por el contrario, una enorme sed de aventuras y un profundo interés en viajar y conocer mundo.

—Y se lo dijisteis claro.

—En efecto, le dije que no quería seguir su camino. La milicia y las exigencias de su disciplina no estaban hechas para mí. Además, añadí, había leído en el *Secretum* de Petrarca que los hombres poseen la libertad del albedrío y por tanto pueden hacer con sus vidas aquello que consideren más adecuado y profesar aquella religión o creencia que más acorde se encuentre con el dictado de su corazón.

—¿Cómo reaccionó?

—No tardé en ver cómo su rostro, que, pese a las cicatrices propias de la edad y las batallas, solía mostrar una reflexiva serenidad, mostraba cólera y enfado. Me espetó, desencajado:

»—¿Acaso te parece que defender la verdad de Dios y la fe revelada y luchar para recuperar los lugares santos no es ocupación digna de un hombre? ¿Cómo puedo admitir que no quieras seguir como hijo primogénito aquello que te corresponde?

»—Decidme, padre, ¿por qué la verdad debe aprenderse con armas? ¿Cuántos soldados requiere la verdad?

»—Luchar por la verdad en nombre de Dios, esa es la libertad verdadera, hijo mío.

»—Si yo no sé si Dios existe, ¿cómo voy a luchar por una suposición?

»—Si es así, tú y yo no tenemos nada más que hablar.

»Me echó de su casa, pero me envió a Adén por si quería involucrarme en sus negocios en Oriente. Y eso hice.

—No quiero entreteneros más, por eso debo preguntaros cuál es el motivo de vuestra visita.

—Veréis... Tengo en mi poder ciertos materiales que considero de gran valor y que me fueron confiados en el Celeste Imperio por el más diestro navegante que hayan dado los tiempos, el almirante Zheng He. Me gustaría presentarlos y compartirlos con el príncipe Medici dado que tras detenido escrutinio de diferentes candidatos y, asimismo, por fidelidad a mi patria, creo que solo él puede ayudarme en la procura de los medios que permitan darles utilidad más provechosa.

—Mi curiosidad natural me incita a preguntaros por su contenido...

—Quiero guardar máxima discreción, aunque os diré que se trata de cartas de marear, desconocidas en todos los reinos y ciudades de Europa.

—Y ¿cómo puedo ser de vuestra ayuda? Como sabéis, mi familia no se cuenta, por hacienda ni por alcurnia, entre la élite que domina Florencia.

—Lo sé, señor, pero también sé que tenéis sobrada información de los grupos y camarillas más cercanos a la Signoria y, por tanto, de quienes son más influyentes para mediar con éxito en que consiga mi propósito.

—Pero... ¿no os basta con vuestro apellido? La vuestra sí que pertenece al reducido grupo de familias cuya hacienda y servicios prestados a la Santa Sede son seguro salvoconducto para el palacio de la Vía Larga.

—Es cierto, pero no olvidéis que yo fui repudiado por mi padre, que murió sin haber vuelto a tener noticias mías, ni dispuesto a tenerlas; y que mi madre vivió, hasta su último aliento, con la tristeza de verse alejada de su hijo primogénito. Eso permanece en la memoria de las burocracias que deciden este tipo de asuntos. Y seguro que tales antecedentes crean recelos que en nada me benefician.

—Desde el intento de asesinato, Lorenzo, es cierto, se ha vuelto más cauteloso en sus relaciones y son contados los hombres que disfrutan de su confianza. Sin embargo, puedo deciros que entre ellos el más cercano es Marsilio Ficino.

—Disculpad mi ignorancia. No creo haberlo oído nunca. ¿Quién es ese hombre?

—Empezaré por deciros que el padre de Marsilio Ficino era el médico y uno de los hombres que tuvo más reiterado trato con Cosme de Medici, abuelo como sabéis de Lorenzo. Marsilio mantuvo con la familia la excelente relación que forjara su progenitor, y es hoy uno de los principales consejeros del príncipe. Tiene amplios conocimientos de medicinas y remedios, con fama de poseer conocimientos mágicos, y es capaz de preparar remedios, pócimas y brebajes que mediante la combinación de plantas y otros recursos naturales palian o curan las enfermedades del cuerpo o proporcionan consuelo a las del alma. Es asimismo un conocido humanista, traductor de Platón y de los tratados herméticos, y director de la Academia Neoplatónica, un reducido grupo de estudiosos y humanistas que se reúnen en Villa Careggi, una de las residencias de Lorenzo.

—¿Tenéis idea de cómo podría acercarme a él y llamar su atención?

—Tal vez sepa de alguien que pueda ayudaros. Desde hace años mi padre mantiene gran amistad con un librero y bibliófilo que le visita con frecuencia para llevarle libros de su interés, pues los años no han menguado su afición por la lectura. Él nos dijo hará unos días que Ficino le preguntó por alguien que conociera el árabe y, asimismo, le habló de su interés en un tratado de magia que se conoce con el nombre de *Picatrix*.

—Conozco ese tratado, y dispongo de una traducción española que se realizó en la corte de Alfonso el Sabio que compré en Limassol a un comerciante morisco llegado de Granada.

—Pues, tal vez podríais poneros en contacto con ese librero y decirle que haga llegar a Ficino que vos podéis serle de ayuda en estos asuntos.

Enzo tomó el sobretodo que había dejado en una silla al entrar y procedió a despedirse del joven Maquiavelo, después de expresarle su reconocimiento. Nicolás prometió saludar a su padre de su parte, y le rogó que repitiera su visita.

8

Con Lorenzo de Medici

Cosme había mandado la construcción de un palacio, que proyectó Michelozzo y que había convertido en su residencia familiar, a la vez que en la sede desde la que desplegaba su poder. Era como si al ubicarla en la Vía Larga, en el corazón de Florencia, su control fuera más fácil. Además, estaba cerca del convento dominicano de San Marcos y de San Lorenzo, las dos instituciones religiosas florentinas más generosas con las artes.

El palacio se había construido en solo ocho años, en forma de enorme cubo, plenamente acorde con los postulados arquitectónicos del Quattrocento florentino. La sobriedad, casi militar, del exterior contrastaba con la magnificencia de los interiores, entre los que destacaba el oratorio, con los impactantes frescos de Gozzoli en sus paredes. Era la prueba del valor que los Medici concedían a la retórica religiosa, pese a la notable indiferencia de sus reflexiones internas. De todos modos el lugar, reducido, permitía la mejor reflexión, e incluso la introspección y acaso el recogimiento. Junto al presbiterio, dos diminutas sacristías completaban el conjunto. Los mármoles del pavimento enhebraban una atrevida decoración geométrica, con resabios árabes.

Cuando llego al palacio Medici en la Vía Larga, Enzo fue recibido por el propio Marsilio Ficino, un clérigo remilgado y afable, que le citó con antelación y aprovechó para enseñarle parte del palacio. No había estancia que no mereciera interés, y Enzo se deleitó contemplando los trabajados techos, de artesonado imposible. El trámite del *Picatrix* había funcionado según lo previsto. Era precisamente el libro que más anhelaba Ficino. Además, un mercader procedente de la India les había hablado también de Enzo cuando sus hombres trataban de averiguar el modo de conseguir tratados de filosofía vedanta y budista. Les dijo que Enzo conocía a Zheng He y que tenía información de primera mano sobre los viajes y rutas de los chinos. De ahí que Lorenzo el Magnífico decidiera oír lo que Enzo podía aportarles. Pidió, además, que asistiera a la reunión su agregado comercial, Américo Vespucio, de la casa Vespucio, una familia tradicionalmente aliada de los Medici, pero sin su fortuna.

Por fin Enzo entraba con todos los honores en el palacio de la Vía Larga, sabiéndose requerido. Subió las empinadas escaleras hasta la sala donde le esperaba Lorenzo el Magnífico con sus hombres de confianza.

—Hablad —invitó Lorenzo al visitante, sin apenas prolegómenos, más parecía una orden que una sugerencia.

—Señor, he navegado por todos los océanos del mundo con la flota de Zheng He, llamado Simbad en Arabia. Las cien naves se desplazaban por el mar durante meses sin tocar tierra. Son barcos enormes, de ciento cincuenta metros algunos, y de treinta los menores. Llevan en sus bodegas caballos, hortalizas, enormes tinas de agua, escuadrones de soldados, cortesanas solícitas, médicos, artesanos. Es una flota invencible. Puedo aseguraros que no existe en el mundo flota que se le pueda comparar.

—¿Qué territorios ocuparon? —inquirió Lorenzo.

—Ninguno, señoría. Los chinos no ocupan, los chinos comercian. Solo desean que los demás pueblos reconozcan su superioridad y les rindan pleitesía.

—Pero si la flota es tan poderosa como decís, no se entiende que no arrebaten el oro, los esclavos, las mujeres, las especias.

—No es su costumbre. Entienden la diplomacia con respeto y jerarquía. Por otra parte, una flota de tan grandes dimensiones supone una inversión que debe ser rentable. Y, según su criterio, no encontraban allende sus fronteras casi nada que no tuvieran en casa. La realidad es que los chinos tienen en su enorme imperio todas las manufacturas y materias primas que pueden desear. El resto del mundo les ofrece muy poca cosa que no posean ya, y en abundancia. Por eso el nuevo emperador ha prohibido los viajes transoceánicos y ha dejado abandonadas en dique seco las grandes naves del tesoro.

—¿No está previsto que vuelvan a navegar? ¿Es una opción política o moral? —preguntó Ficino, curioso ante esta actitud de renuncia.

—Ambas cosas, maese Marsilio, los mandarines han ganado el pulso una vez más a los eunucos, los tártaros asomaron por el norte y el emperador se ha visto forzado a invertir el dinero en el ejército de tierra, en vez de en la marina. Por otro lado, los chinos profesan la ética de Confucio de la dorada moderación, la doctrina de la media, la armonía universal, bajo la tutela del emperador y la burocracia de palacio. Los territorios dependientes no son ocupados por el ejército chino, solo deben pagar tributos a la Ciudad Prohibida en señal de acatamiento a la superioridad del Celeste Imperio.

Los florentinos quedaron pensativos, mirándose con prudencia y un cierto estupor. Las informaciones de Enzo eran atípicas en una Europa expansiva y guerrera que había comenzado a navegar por las costas de África más allá del cabo Bojador y a ocupar territorios en nombre de los reyes y el papa.

Américo llevó el asunto a un terreno más práctico.

—¿Qué queréis conseguir de la Signoria?

—Puedo haceros ricos a todos hasta unos niveles que sois incapaces de imaginar.

La afirmación cayó como una piedra en un estanque levantando olas de asombro codicioso. También de admiración, pues había que estar muy seguro de sí mismo para soltar una afirmación semejante delante de Lorenzo de Medici, rico entre ricos.

—Cuando los portugueses doblen el cabo del sur de África y naveguen hasta las Indias, el tráfico de especias cesará de pasar por el mar Rojo y Alejandría: el sultán de El Cairo se arruinará, así como los venecianos.

—Lo que decís es muy atrevido ¿Podéis aportar pruebas de ello? —inquirió Lorenzo.

—Los mapas de Zheng He.

—¿Qué puntos del océano cubren?

—El mundo entero.

—¿Queréis decir que Zheng He y su flota han dado la vuelta al mundo?

—Sí. Por completo. Desde Nanking pasaron a Malaca, luego bordearon Ceilán y la costa de África. Doblaron el cabo meridional, subieron rumbo norte por el Atlántico, pararon en islas que ni siquiera tenían nombre, tomaron la corriente hacia el oeste, llegaron a la Antilla, tocaron en su continente, lo costearon hacia el sur hasta hallar el paso al océano de China, pero viniendo del este, y por él navegaron de vuelta a su país. El mundo es una esfera, señores.

—¡Lo decía Gerardo de Cremona en su traducción de Tolomeo! —exclamó arrobado Ficino.

Lorenzo el Magnífico estaba, por una vez en su vida, atónito, desbordado por la magna significación de lo que acababa de oír. Era todo precipitado y sin embargo lo veía como inevitable. En aquella revelación Florencia debía implicarse. La ciudad necesitaba esos mapas y los conocimientos de Enzo. Y al mismo tiempo necesitaba guardar la máxima precaución en unos tiempos que eran siempre inciertos y sus recursos, pese a todo, nunca suficientes. Recomendó perentoriamente:

—Es imperativo que vuestros conocimientos no salgan de Florencia, ni siquiera de este palacio y, si me apuráis, de esta cámara en la que solo estamos cuatro personas. Caballeros, quiero que juréis el máximo sigilo sobre lo que acabamos de hablar.

Lorenzo el Magnífico era un poderoso banquero, tanto por su poder político como por sus reservas financieras. Era, además, extremadamente bien instruido e inteligente: su criterio se buscaba y seguía en toda Italia y supo enseguida lo que había que hacer con los mapas de Simbad.

—Ninguna república italiana, ni Milán, ni nosotros, ni siquiera Venecia, que es la que más perderá en todo esto, tiene envergadura para afrontar los viajes que permiten estos mapas. Tampoco podríamos sostener los ejércitos que serán necesarios para ocupar las tierras que se descubran o para abatir los imperios que se encuentren allí.

»Lo que sí está en nuestras manos es financiar a aquellos reyes que se puedan permitir llevar a cabo tan costosas y arriesgadas expediciones, de manera que las riquezas que los exploradores consigan nosotros las recibamos ya convertidas en florines y que otros hagan el trabajo sucio.

—Hay dos candidatos obvios —propuso Vespucio—: Portugal y el nuevo reino de Castilla-Aragón. Los portugueses, guiados por el príncipe Enrique, están explorando la costa de África y los castellanos, desde las islas Canarias, se asoman al centro del Atlántico. Sugiero empujar a los dos simultáneamente.

—La casa de Aragón, que reina en Nápoles, se portó muy bien conmigo en horas difíciles —dijo Lorenzo—. Ahora aunque están unidos a Castilla no me importará devolverles el favor. Jurad vuestro sigilo.

—Juramos por la cruz y el lirio —murmuraron los presentes.

—La persona que mejor puede calibrar la veracidad de las historias de este viajero —zanjó el Magnífico— es

Paolo Toscanelli. Quiero que le llevéis ante él para que nuestro geógrafo lo sondee.

Ficino acompañó a Enzo a la puerta, mientras Lorenzo indicaba a Américo, con discreción:

—Quiero que seáis la sombra de este hombre, no podemos permitir que su información escape de nuestras manos. Sed su valedor y su amigo, e informadme de quién vea los mapas. Controladlo, si es preciso, con lo mejor de mi guardia.

Américo fue a buscar a Enzo a su albergue y le propuso ser su guía en Florencia, pues habían pasado bastantes años desde que Enzo se fuera: la ciudad estaba en una fiebre de construcción. Enzo observó al hombre que debía ser su valedor, ya que así lo había decidido el Magnífico. Aunque ahora Enzo supiera más de chinos y malayos que de italianos, le pareció advertir en él una mirada esquiva y un aire de suficiencia que se adquiere al codearse con el poder. Américo formaba parte del círculo íntimo de Lorenzo el Magnífico. Su semblante era hermoso, bien proporcionado, enmarcado por una cabellera de bucles rubios y un fleco partido en el centro. Tenía unos ojos bellísimos, como de mujer, pero de los que emanaba una impresión de astucia que no escapó a Enzo. Aquel hombre podía ser taimado, tramposo y manipulador, concluyó Enzo, que gustaba saber con quién tenía que habérselas.

Precisamente porque el diagnóstico de Enzo era acertado, Américo, con segundas intenciones, le propuso:

—Te voy a dar una vuelta por maravillas que tú desconoces y al final verás a la más deslumbrante de todas.

Y así Enzo, de la mano de Américo, como si dispusieran de todo el tiempo del mundo y pudieran dedicarse a la contemplación, disfrutó de la Puerta del Paraíso del baptisterio de la catedral florentina.

—Como verás, el maestro Ghiberti se superó a sí mismo con estos relieves.

—Parecen filigranas chinas —valoró Enzo—, las figuras están flotando como entre las nubes.

—Y esto es el *campanile* de Giotto acabado. Ahora pasaremos al ábside para que puedas ver la cúpula de Brunelleschi.

La cúpula más grande de la cristiandad latina, solo superada por Santa Sofía en Bizancio, se alzaba como la famosa cáscara de huevo que Brunelleschi hiciera sostener de pie ante el jurado del concurso.

En las obras de la catedral encontraron a un joven forzudo y feo peleándose con un enorme bloque de mármol.

—Este chico, Miguel Ángel —explicó Américo—, quiere consagrarse como escultor de los Medici y se ha atrevido con este bloque de Carrara enorme, que nadie había osado esculpir.

Y volviéndose al escultor:

—¿Qué saldrá de aquí, maese Buonarroti?

El otro les miró con displicencia, se secó el sudor y masculló:

—La figura está ya dentro del mármol, yo solo quito lo que la oculta.

«Suena bonito —pensó Enzo—, pero es falso: la figura está solo en su imaginación y es una de las varias posibles que caben dentro de este bloque; ahora él tiene que tallar para sacarla del mármol.»

Luego Américo se encaminó a Santa Croce y le mostró a Enzo la capilla del claustro.

—Imagino que tampoco la habéis visto. Se trata de otra cúpula de Brunelleschi, pero esta es más íntima.

—Es un espacio maravilloso por su proporción y armonía: infunde serenidad, Américo.

Este le miró extrañado. «Este aventurero parece un poco simple —pensó—. A ver si me lo pondrá más fácil de lo que me esperaba.»

Nada sabía de la iniciación budista de Enzo, que le permitía captar los efectos de aquel espacio exquisito. Para terminar le llevó a su casa, el palacete de los Vespucio.

—Decidle a mi prima que quiero saludarla.

—¿Esta casa es vuestra?

—Sí, de la familia, que es numerosa, mi prima a la que os quiero presentar lo es por matrimonio.

Apareció entonces Simonetta Cattaneo, la genovesa casada con Marco Vespucio. Enzo se llevó un susto de muerte porque la suprema belleza le atemorizaba tanto como el peligro. Era demasiado sensible al terror de la belleza desde que sus amigas chinas le habían mostrado hasta dónde se podía llegar en el placer con un cuerpo perfecto como aquel que estaba viendo.

Porque estaba viendo a la Venus de Botticelli, la amante de Giuliano de Medici, la flor de lis de Florencia, la incomparable Simonetta Cattaneo.

—Señora —saludó Enzo inclinándose—, tengo un zafiro de las Indias que no resplandece como vuestros ojos.

—Me traes un viajero, Américo, o quizás un poeta. ¿Qué deseáis?

—Nada, le estoy mostrando las bellezas artísticas de Florencia y he pensado acabar con la más viva.

—¿Se trata de algún forastero ilustre? —Ella hablaba con su primo como si Enzo no estuviera presente.

—Ha recorrido los mares con Simbad, visitando países de los que aún no se tienen mapas, comerciado con gemas de Oriente, perfumes de África...

—¿No tendréis los que se ponía la reina de Saba para seducir a Salomón?

—Pues sí, señora —respondió Enzo, crecido—. Los tengo y vos podréis aplicarlos sobre vuestra piel de lirio cuando lo deseéis. Enviaré un mensajero a Adén.

—Será un placer recibiros de nuevo. Quiero que me contéis vuestros viajes por esos mundos desconocidos. ¿Lo haréis?

—Estoy a vuestras órdenes, señora. Disponed de mi tiempo —y mirándola a los ojos—, de mis perfumes y de mis joyas.

Américo le hizo a Simonetta un signo para indicarle que luego hablaría con ella a solas y se despidió.

9

El veredicto de Toscanelli

Américo explicó a Enzo que Lorenzo el Magnífico deseaba que los mapas fueran examinados por el geógrafo de Florencia, Paolo dal Pozzo Toscanelli.

Le llevó a una casa junto al río Arno y pasaron al estudio del famoso cosmógrafo, médico y matemático. Era una estancia muy amplia con libros, aparatos astronómicos y un pupitre para leer o dibujar mapas.

Toscanelli era alto, grande, exuberante en barbas y cabelleras, enérgico y escueto. Apenas hechas las presentaciones, Américo entró en materia.

—Vamos al grano: este hombre dice haber navegado con Zheng He, alias San Bao o Simbad el Marino. Solo eso ya es una carta de introducción imbatible. Nadie hasta el momento se había presentado con una pretensión semejante. Pero encima de esta bravata, asegura tener mapas.

Aquí Toscanelli dio un respingo.

—Solo el emperador de China tiene acceso a los mapas de los viajes del Gran Almirante. ¿Cómo es posible que un aventurero haya conseguido los mapas y se pasee con ellos por el mundo?

Miró a Enzo como para traspasarle y luego a Américo con cara de reproche y prosiguió.

—No hay tesoro más valioso ni de mayor cuantía en este mundo que un mapa que te muestre el camino para llegar a países con tesoros. Ya sean especias, oro, esclavos, perlas, maderas, una ruta que los acerque es un camino real a la riqueza y al poder. ¿Por qué un don nadie como este...? ¿Cómo se llama?

—Enzo da Conti.

—¿Por qué Enzo da Conti se atreve a presumir de tener los mapas de Zheng He?

Entonces Enzo tomó la palabra. Pidió explicarse desde el principio y hasta al final, para no tener que repetirlo más veces ni por partes.

—Todo empezó cuando me atrevía a salir del Mediterráneo: las especias, gemas y perlas llegan a Alejandría, donde mi familia las recoge para traerlas a Italia. Yo viví allí hasta aprender árabe y entonces pasé al mar Rojo en busca del lugar de origen de las especias.

»Llegué a Adén, el país de la reina de Saba, donde se confeccionan perfumes que se venden a Oriente y Occidente. Adén tiene un tráfico marítimo muy consolidado con Calicut en la India y con Mombasa en África. Pasé a la costa Malabar, viví en la isla de Sri Lanka y de allí viajé a Malaca, el estrecho de paso para navegar a Catay. Allí fui apresado por Zheng He y navegué con él los océanos del mundo.

»El imperio de Catay se gobierna por dos élites complementarias pero que se oponen como el yin y el yang. Luego os hablaré de eso. Los mandarines son virreyes de las provincias y llegan a su cargo por estudio, no por la fuerza. Son los representantes de la autoridad imperial en las provincias. Están esparcidos por el extenso Imperio chino. Los eunucos, en cambio, están concentrados en Pekín. No salen de la Ciudad Prohibida, que es el enorme Palacio Imperial. Son eunucos de palacio, como en Bagdad o Damasco, sirven a las esposas del emperador, a su familia, e intrigan porque ven y oyen todo.

»Algunos son generales o almirantes. Es el caso de mi protector Zheng He, alias Simbad por San Bao, que significa "las tres joyas", en este caso las partes viriles que le faltan desde que fue castrado por los mongoles a los diez años.

»Zheng He ha creado una flota inmensa compuesta por cien naves: diez del tesoro que tienen ciento cincuenta metros de eslora, veinte de caballerizas de menor tamaño, veinte cisternas de agua, veinte de huertos y treinta auxiliares de diversos tipos: fraguas, hospitales, burdeles, mataderos, almacenes, polvorines, cuarteles. Porque ellos tienen la pólvora desde hace siglos, antes que los bizantinos y saben cómo meterla en cañones y arcabuces para dañar al contrario a distancia.

»Zheng He ha recorrido los océanos del mundo varias veces y con varias flotas que se repartieron los derroteros y las exploraciones. Han tocado en todas las playas del mundo, han pasado todos los estrechos que se encuentran al sur y al norte de los continentes del globo. Le han dado la vuelta entre todos y han regresado a Catay por el lado opuesto al que salieron.

Toscanelli estaba en vilo, prendido de las palabras del prodigioso viajero. O era un italiano mentiroso y fantasioso, de libro, o les estaba contando la noticia geográfica más importante de todos los tiempos.

—¿Zheng He tiene mapas de todo el mundo? —preguntó Toscanelli, que no podía aguantar su fruición; se le hacía la boca agua, como ante un gorgonzola mórbido.

—De todo. Sus tres flotas se dividieron en el cabo del sur de África, subieron por el Atlántico a las islas, pasaron al oeste a la Antilla, allí se dividieron en dos: una al norte y la otra al sur, que pasaron al otro lado y volvieron a Nanking al cabo de tres años.

—Si todo eso fuera verdad, ya los tendríamos aquí —objetó Américo.

—Ya están. Por la Ruta de la Seda que acaba en Alepo y por la del mar Índico que acaba en El Cairo, los chinos envían y recogen las mercancías que compran y venden desde hace siglos. Su contacto con Europa está asegurado. Lo que buscó Zheng He fue el tipo de comercio que podía establecerse con otras civilizaciones del mundo.

—¿Qué han encontrado?

—Poca cosa. Tan poca que el emperador ordenó cesar los viajes.

—No se comprende, es increíble.

—Lo entenderíais muy claro si asistierais unos meses a las intrigas entre eunucos y mandarines. Los mandarines se preocupan del territorio y controlan el ejército para repeler las invasiones terrestres de los mongoles y tártaros. Los eunucos controlan las flotas y tratan de extender el comercio exterior. Al morir el emperador que protegía y amaba a Zheng He, los mandarines ganaron la ascendencia sobre su sucesor y lograron que se prohibieran los viajes transoceánicos. Se abandonó la flota, se destruyeron los astilleros e incluso se quemaron los cuadernos de bitácora de los almirantes para olvidar y borrar que habían circunnavegado el globo terrestre.

—¿Dónde nos deja esto? —preguntó Toscanelli.

—Los chinos han renunciado a navegar el mundo porque no hay nada que comerciar.

—Eso es imposible.

—Nada que ellos no tengan ya. Hasta que alguien en el mundo mejore su tecnología y tenga algo que se compare con lo suyo, los chinos no se moverán de su país.

Aquí Toscanelli resumió la cuestión.

—No se trata de lo que hagan o dejen de hacer los chinos, sino de lo que nos conviene a nosotros: si ellos no quieren sacar partido de lo que han navegado, nosotros sí sabremos hacerlo. Y si nada hay que comerciar que no tengan ellos, iremos a comerciar con ellos, pero por una ruta más fácil: a poniente, por mar.

Todos se pusieron a hablar a la vez. Toscanelli pidió a Enzo que le mostrara los mapas. Había llegado el gran momento, el final del viaje de vuelta a Europa de Enzo, pero que era el inicio de la realización del plan de la Sociedad Secreta de mujeres Nu-Shu.

Enzo sacó unas telas sedosas de su cartera y las colocó en el pupitre inclinado. Toscanelli se precipitó sobre los dibujos de las telas y quedó absorto en ellos. Una sonrisa iba alumbrando su rostro como una luna creciente. Dijo a Enzo en un aparte:

—Nada de lo que veo aquí puede discutirse o negarse desde lo que sabemos por Tolomeo y Estrabón, ni siquiera en Pomponio Mela o Macrobio. Estos mapas solo se pueden corroborar o negar navegando.

—Me alegra que con honestidad intelectual reconozcáis vuestras limitaciones.

—Así es como se hace en Florencia, vos deberíais saberlo.

—Llevo tantos años por esos mundos que ya no me acuerdo y, además, antes no era así.

—Fíjate en los hombres que conocerás aquí: Alberti, Da Vinci, el mismo Américo, son el inicio de un mundo nuevo.

—Que se encontrará en medio del océano Atlántico.

—Dios te oiga, viajero.

10

El amor de Simonetta

Pasado el trance de enfrentarse a Toscanelli, Enzo se dejó caer en casa de Simonetta por sorpresa y con una vil excusa. Pero esta le recibió con los brazos abiertos.

—¿De modo que me traéis los perfumes de Arabia?

—Lo prometido es deuda. Si los mapas eran verdad, ¿cómo iba a mentiros por unos perfumes?

—Para daros importancia.

—Vaya, entonces ¿creéis que la tengo?

—Creo que tenéis los mapas más valiosos del mundo.

Enzo creyó captar un cierto interés en la voz.

—¿Acaso os podrían servir a vos?

Ella sonrió.

—Es una vieja historia, amigo Enzo.

—Pues a mí me gustaría escribir una nueva —le dijo

mirándola a los ojos para que no quedara la menor duda de que sus intenciones no eran precisamente comerciales.

—¿Estáis solo?

—Me siento solo.

—No mintáis. Sois el hombre más agasajado de Florencia en este momento, todos quieren ser amigos vuestros.

—Tengo la celebridad y el dinero, a crédito, por el momento, pero me falta la belleza.

—Y me lo explicáis a mí.

—He conocido la belleza asiática en todas sus formas, pero ninguna se compara a vos.

—Ya será menos —dijo ella riéndose como si fuera capaz de leerle el pensamiento.

—Marché muy joven e inexperto.

—¿Y qué os hace pensar que a mí me interesa?

—Si yo no os interesara no me habríais recibido. Al parecer yo os puedo ayudar en algo. ¿Sabéis lo que deseo a cambio?

—Lo sé desde la primera vez que nos vimos y cuando he meditado sobre ello, que lo he hecho, no me ha producido sensaciones desagradables.

Enzo se empezó a notar realmente excitado, los pensamientos disfrutaban del envite, pero las sensaciones iban desbocadas bajo su piel. Ella, que lo notaba como el imán atrae al hierro y era capaz de controlarlo con la pericia de un domador, dejó caer su cabeza a un lado para que la rubia cabellera se desplegara en ondas de oro. Los ojos seguían mirándole fijamente. Él decidió no aguantar más y se precipitó sobre ella cogiéndola entre sus brazos.

—¿Os gusto? —preguntó ella desasiéndose levemente sin abandonar la sonrisa.

—Os burláis de mí.

—Habéis tenido el harén entero de la flota de Simbad para vos, más los de los puertos, así que ¿para qué queréis más?

—La soledad me devora como el buitre a Prometeo.

—Sois guapo y culto, no os será difícil comprender lo que quiero de vos y por qué.

Simonetta le hizo sentar frente a ella, en un escabel alto, y comenzó la narración de su vieja historia de amor. Había sucedido en Génova, cuando ella era niña y habitaba en casa de sus padres, los Cattaneo. La vivienda era un adusto palacio, antiguo y elegante, si bien estrecho, que había pertenecido a su familia, oligarcas de la ciudad, desde hacía varias generaciones. Su madre fue la bella Violante Spinola, de otra pudiente familia genovesa.

Tenía la ciudad en esa época algo de oriental, mármoles policromos en arcos ojivales, rosa contra azul celeste como una pintura de Giotto, rojo pompeyano con oro viejo bizantino, logias encumbradas de donde caían jardines colgantes, en cada esquina un tabernáculo para un santo: dedicados a san Jorge, que usurpó el puesto de patrón al dios Jano, el de las dos caras —Ianus, Ianya, y del que derivan palabras como «Génova», «enero», «puerta»—. En el banco genovés de San Jorge trabajaba el padre de Simonetta como director, la familia eran aristócratas: en la iglesia de su palacio estaba pintada la imagen de san Torpeto. Todos los años, los pescadores del pueblo de San Torpeto (Saint-Tropez), en Provenza, venían el nueve de junio a la iglesita de los Cattaneo a celebrar su fiesta.

Cayo Silvio Torpeto, como la mayoría de los mártires o primeros santos, era un aguafiestas: cuando Nerón había organizado en el templo de Diana en Pisa una aparición estupenda —el agua caía por la cúpula simulando la lluvia y una carreta de bronce rodaba por encima reproduciendo el ruido de los truenos—, le había dicho: «Tientas a Dios, Nerón, porque no hay sino un solo Dios.» Y así fue mártir.

En aquellos días de la juventud de Simonetta, un gentilhombre de Génova logró de Giovanni da Cosa, barón de Grimaldi, licencia para establecer en el golfo provenzal de San Rafael a sesenta familias de Génova y con ellas fundó el pueblo de San Torpeto, en el punto donde había atracado la barca que transportaba el cuerpo del mártir.

A sus quince años, por peleas de la oligarquía, la familia Cattaneo fue obligada a exiliarse de Génova, pero se quedó muy cerca, en la roca de Piombino, donde mandaban Jacopo Appiano y Batistina Fregoso, cuñada de Violante, la madre de ella, que en primeras nupcias había sido mujer de un Fregoso.

Este Jacopo era nieto del rey de Nápoles, pero en vez de salir al aragonés Alfonso el Casto, había salido sátiro y libidinoso. Creía que las mujeres de Piombino le pertenecían por derecho. Padres, madres y hermanos veían en este tirano una amenaza e intentaron derrocarle. En vano: los envió a la isla de Montecristo, que era su cárcel, y creó un impuesto de un saco de trigo al año en Piombino para que tuvieran pan los confinados allá.

Simonetta veía el islote de Montecristo a lo lejos cuando iba de paseo a Elba, otra isla que más adelante haría su riqueza. Por entonces, como parientes exiliados del tirano libidinoso, Violante Spinola debía contemporizar e ignorar las miradas del sátiro hacia aquella niña que ya anunciaba la belleza que llegaría a ser.

No estaba segura Violante de que el desenfrenado Jacopo respetara a su hija. De hecho, más de una vez, en las escaleras de caracol de la torre Simonetta tuvo que sufrir los toqueteos apresurados y necios del señor de Piombino. Al principio ella no sabía a qué venía aquel rozarla por detrás y por delante, ni qué significaban los jadeos de Jacopo. Pero a la tercera vez que soportó la refriega se dio cuenta de que ella tenía un poder sobre aquel hombre bastante mayor que ella: que era evidente que la necesitaba y que ella, resistiéndose más o menos, le dominaba y podría llevarle por donde quisiera. El bruto le ofreció regalarle una parte de las minas de hierro de Elba si ella se dejaba hacer. Y así se hizo. Cada uno cumplió su parte del acuerdo y Simonetta fue rica desde niña.

Pero su madre veía el peligro: cuando el tirano se cansara de manosear a Simonetta, su estancia en Piombino se haría problemática y seguramente desagradable. Entonces un giro de la fortuna vino a solucionar las cosas en forma de matrimonio. Pero antes Simonetta debía encontrarse con el amor de su vida.

Había en Génova un joven que había llamado la atención a Simonetta desde que era niña. ¿Por qué un hombre le gusta a una mujer a primera vista? Si no le ha oído, ni olido, ni tan siquiera tocado, y le gusta. Está segura de que todo en él la complacerá y, lo más extraño, lo más maravilloso, es que no suelen equivocarse o, al menos, ellas no tienen la menor duda, ni la más mínima desconfianza se abre paso en su decisión inamovible de que aquel desconocido es el hombre de su vida. Y el otro, sin enterarse hasta que ella mueve sus peones para hacérselo saber.

No fue el caso de Simonetta con Cristoforo Colombo. Ella no movió un dedo para inducir al plebeyo a sospechar que le interesaba. Ni un mohín, ni una mirada, ni un gesto de soslayo. Nada. Ya era mucho que la hija de

Violante Spinola se interesara por un plebeyo; él debía adivinar lo que estaba pasando y, si no, peor para él, se lo perdería.

Pero la vida da vueltas y los aventureros más. Simonetta veía desaparecer aquel joven y notaba sus ausencias de meses, hasta que reaparecía, cambiado, con extraños atuendos, la cara tostada por el sol, las exóticas compañías de comerciantes, viajeros y corsarios. Su larga cabellera rizada, sus ojos azules, el rubio sobre el moreno de la piel tostada por los viajes le hacían suponer a la bella aventuras, peligros, sabiduría. Y placeres.

Mandó a su aya Sasseta a sondear al viajero y le dio una cita en el valle de Piombino donde nadie pudiera verles. Cuando, cómodamente instalados, hubieron repasado sus vidas, alcanzando una camaradería mágica que desaparecería cuando fueran conscientes de su deseo, él quiso aprovechar que acababa de ser partícipe de la confianza de una importante familia, al menos de su actual heredera, para comunicarle el deseo que alimentaba su vida: quería navegar a China por el oeste. Quería hallar una ruta nueva que él sabía que existía y ella era la única persona importante que conocía y que podía ayudarle.

La teoría de Cristoforo era esta: las ciudades del norte eran, cada año que pasaba, más poderosas. Brujas, Amberes, Gante, incluso Londres y París. Por otro lado, los portugueses estaban costeando el continente africano hacia el sur, buscando el paso a China y la India por mar. Cuando lo hallaran, la Ruta de la Seda, que atraviesa Asia desde tiempos del Imperio romano, quedaría obsoleta.

—¿Por qué? —preguntó la niña, que empezaba a dar muestras de aburrimiento ante el tema, que no le interesaba.

—Porque nadie va a pasar tres meses a camello y atacado por bandidos entre las nieves de los pasos del Pamir o las arenas del desierto de Gobi, pudiendo estar seguro en un barco. Y cuando se deje de mandar especias, pieles, gemas y seda a través de los desiertos y montes de Asia, entonces nuestra querida Génova y también Pisa e incluso Venecia perderán el comercio y con ellas los banqueros de Florencia también caerán, a menos que se establezcan en Portugal o en España.

—¿Y quién te dice que se logrará abrir la ruta por mar?

—Paolo dal Pozzo Toscanelli.

—Querido Cristoforo, soy genovesa. ¿Quién es ese caballero?

—Es un cosmógrafo y matemático florentino, que vive en una casucha junto al Arno en el barrio de la iglesia del Carmine. Se le conoce también por Toscanelli.

A Cristoforo le sorprendió observar que Simonetta tenía como ausencias durante sus explicaciones. Parecía recogerse en sus ensoñaciones, sin seguir la historia. Pensó que tal vez él estaba perdiendo facultades como narrador, y trató de interesarla añadiendo ingredientes de misterio a su relato.

—A su puerta por el lado del río acuden más de una noche sigilosas embarcaciones con gentes que no desean ser vistas. Yo le he consultado alguna vez: sé que tiene un manuscrito de Marco Polo y un mapa chino casi indescifrable.

—¿Otro ilustre vecino?

Esta vez sí lo había conseguido. Simonetta pareció despertar, volvió a mirarle y, al menos, pareció mostrarse interesada. Así que Cristoforo, que era un narrador nato, un seductor de la palabra, se lanzó a contarle un cuento de viajes y secretos. Le explicó que Marco Polo no era florentino ni estaba ya vivo, sino que se trataba de un veneciano que años atrás había viajado a China, y que contó sus experiencias en un extensísimo y apasionante libro. Toscanelli, sin embargo, afirmaba que aquellas rutas trilladas que conducían a la lejanísima cultura china por tierra iban a perder muy pronto importancia, y que las sustituirían otras rutas marinas hacia Occidente. Cristoforo había asistido a conversaciones con navegantes en que Toscanelli les contaba cosas que guardaba para sí y que solo decía en la intimidad, cuando se había puesto el sol y las estrellas parecían hacerlo más locuaz. Su mayor secreto, que desvelaba raramente, era que la Tierra gira alrededor del Sol.

A ella se le quedaron los ojos abiertos como platos: «¿Me tomas el pelo, Cristoforo?» Él siguió explicándole la cosmografía de Toscanelli, que Aristarco de Samos ya había desarrollado, contrariando a Tolomeo.

—Del mismo modo que la Luna gira en torno a la Tierra, esta gira alrededor del Sol y estos movimientos causan las mareas, fenómeno crucial para el argumento a favor de la ruta marina occidental: si la Luna produce mareas es porque en Occidente existe un continente que repele el mar, devolviendo el agua hacia nosotros. Además, como la Tierra no es plana, sino redonda, es forzoso que se pueda navegar hasta Oriente por Occidente.

Ahora ella ya le escuchaba interesada y Cristoforo se abandonó en el canto de sus sueños más íntimos

—¡Cómo deseo navegar hacia Occidente para descubrir tierras nuevas! Mi sueño es viajar por mares no surcados a tierras inexploradas. Llegar a ese continente que, según Toscanelli, existe más allá de las columnas de Hércules, escondido en el océano occidental, una tierra que imagino nueva, recién salida del séptimo día de la Creación, verde y húmeda, exuberante y feliz donde hay comida sin necesidad de trabajar, donde basta recoger lo que regala la Tierra. Estará poblada de gentes amables y bellas, sencillas porque viven entre ríos y selvas o a orillas del mar, que no conocen la ciudad ni la guerra, ni los libros de religión, de modo que no se sienten culpables. No existe el pecado, solo la amistad y la confianza.

»Veo montañas enormes que se alzan del llano en acantilados vertiginosos cuyo final se pierde entre las nubes, cordilleras sin fin que dan origen a ríos inmensos que manan entre selvas y luego se remansan al llegar a las playas de arenas blancas y tacto suave. Oigo gritos de animales desconocidos y el canto de pájaros como aves del paraíso. Y viajo en medio de todo esto siguiendo mi corazón, apagando mi curiosidad, conociendo maravillosos valles nunca visitados, poblados por nativos que no los abandonarán y son hospitalarios.

»Veo templos fantásticos consagrados a deidades desconocidas que los hombres veneran con frutas en vez de sangre, templos que están en la selva porque son parte de la naturaleza y no albergan ideas abstractas ni tratados escolásticos, sino piedras sagradas y flores mágicas. En ellos se celebran comuniones con sustancias que hacen soñar y con las que yo viajo dentro de mi viaje, hasta los confines de mi inteligencia y más allá para ver lo que hay detrás de la muerte.

»Veo un continente inmenso que es como una isla, donde se siente el frescor de las islas, el aire marino, la claridad del mar, brisas que limpian la atmósfera y la dejan diáfana como el primer día del mundo. Y yo me despertaría ahí sintiendo el vigor de esa tierra que sube desde el suelo por mis venas, músculos y nervios, alimentado de energía, como una palmera cimbreada por la brisa del océano y lograría perder la rigidez genovesa y olvidar las solemnes crueldades de nuestra mal llamada civilización cristiana.

Simonetta, que le escuchaba arrobada, se conmovió ante estas últimas palabras.

—Calla, Cristoforo, no digas nunca eso a nadie más que a mí: te quemarían. Nadie puede criticar al cristianismo ni decir que la Tierra es redonda, y mucho menos que gira alrededor del Sol. Además, si alguien se aventurase navegando hacia Occidente como dices, ¿no caería fuera del mundo? ¿Y adónde iría a parar? ¡Al infierno!

—Así ha sido la historia —concluyó Simonetta, que no quiso entrar en otros detalles, y así le gustaba recordarla, tantos años después.

»Para terminar, querido Enzo, yo debo a ese hombre un favor en recuerdo de nuestros amores de juventud y tú puedes hacer que se lo pague.

—¿Y a mí cómo me pagarás?

Ella suspiró.

—Según lo merezcas y con una condición.

—Dime pues la condición.

—¿Tan seguro estás de merecer el premio?

—Si no estuviera seguro no lo merecería. Dime la condición.

—¿Me enseñarás las técnicas chinas que practicaste en los barcos?

—Será un placer revivir aquellos viajes sin moverme de casa.

Dicho lo cual se acercó a la joven y le susurró al oído la fábula del Chi-ping-mieng y las puertas de jade. Le propuso ser la Joven Dorada y disfrutó con ella un largo ejercicio de respiración tántrico mientras hacían circular la luz.

A ella las dilaciones orientales del orgasmo le parecieron de lo más sensato y sensual, mientras se reía contaba las respiraciones: una, nueve, veintiuna, ¡aaahhh!

Enzo, satisfecho y cansado, se comprometió a volver con una copia de los mapas para que ella los hiciese llegar a su amigo.

—¿Se las enviarás tú misma?

—No creo que fuera conveniente.

—¿Cómo lo harás pues?

—Quiero que se los envíe personalmente Toscanelli. Gozar de la confianza de ese hombre será importante para él. Haré que Toscanelli se lo envíe. ¿Te parece bien?

—Te he visto dudar un momento... Acaso nos puede traicionar ese hombre.

—No. No lo creo. Si me has visto dudar es porque me ha venido a la cabeza otra posibilidad.

—Tú dirás.

—Que tú, Enzo, acompañes a Cristoforo Colombo cuando este emprenda viaje. Tú sabes adónde llegará, puedes serle de inmensa ayuda, incluso salvarle la vida.

—¿Deseas que viaje con él?

Ella le miró a los ojos.

—Eso te costará varios capítulos más del Chi-ping-mieng —dijo Enzo riéndose.

11

Los monjes de La Rábida

Una vez cumplidas sus expectativas en la Florencia de los Medici, se dedicó Enzo durante un tiempo a navegar sin rumbo por el Mediterráneo en una barca de dos mástiles con vela latina semejantes a las que en aquellos tiempos eran frecuentes en los puertos de Flandes.

No era China el único lugar en que la lucha entre diversas camarillas y la preponderancia en el gobierno de sus asuntos de una u otra forma impide o favorece proyectos, crea o destruye haciendas, y hace cómodas y felices las vidas de algunos mientras llena de fatigas y tristezas las de otros. El haber conocido distintas tierras y tradiciones y culturas inducía a Enzo a comparar entre ellas y alentaba su espíritu analítico a diversas reflexiones. Tenía la sensación de que en China la lucha del poder, que él veía perfectamente ilustrada por la reiterada confrontación entre eunucos y mandarines, mantenía sus intereses y convicciones con pocas mudanzas en el tiempo y tenía su fundamento en antiguas y bien asentadas tradiciones. Por el contrario, en las ciudades, reinos y señorías de Europa, las alianzas y conjuras eran cambiantes y de menor consistencia, se forman tanto como se diluyen, aparecen por caprichosas circunstancias y desaparecen por lances, en lo general, carentes de importancia. Aunque eso sí, obedecían siempre ciegas y obcecadas al afán de poder o de lucro, principales entre los honores en que los hombres cifran su felicidad aunque luego finjan que guían sus acciones nobles anhelos o cristianas virtudes.

La soledad, unida a su interés por las costumbres y las creencias de los hombres y los pueblos, había hecho de Enzo un inmejorable observador; también le había incitado a desarrollar las habilidades necesarias para poder escuchar, distraídamente, a aquellas gentes cuyas conversaciones podían, justamente por su carácter fortuito, proporcionarle información placentera o satisfacer su curiosidad. Todo esto unido a su ingenio utilizó Enzo para tratar de hacerse una idea cabal de cómo sería aquel misterioso marino que cautivara a la hermosa Simonetta Cattaneo. Sin embargo, a pesar de su empeño y de las muchas horas empleadas, cuanta más información obtenía de Colón, más borrosa y cambiante le resultaba su figura, como si anduviera aquel hombre perdido en un laberinto de espejos en el que cada día se veía atrapado y confundido, una multiplicación al infinito de su estampa que sustentaba innumerables tertulias a la caída de la tarde.

Decían unos que había nacido en Génova en una familia dedicada a cardar lana y a vender telas y brocados. Quienes esto afirmaban, aseguraban también que no fue hasta los veintiún años cuando aquel Colón empezara a surcar los mares. Otros le hacían hijo de una familia acomodada que aunque sufría los altibajos propios de aquel tiempo en su hacienda, le pudo proporcionar una educación amplia que incluso hizo posible una estancia larga y provechosa en la reputada Universidad de Pavía. Tampoco faltaban quienes le hacían descendiente de una familia de piratas llamada Coulon o Collon de Casanove. Otros situaban su nacimiento en ciudades italianas distintas de Génova, como Milán, Pisa o Savona. Ya llegado a Barcelona, fueron muchas las veces en que escuchara reivindicar su origen catalán y la tradición marinera de su familia. Para algunos, Cristóbal Colón fue un noble catalán que se llamaría realmente Joan Colom de Torroja, un enemigo de Juan II de Aragón, contra el que luchó al servicio del príncipe de Portugal aspirante al trono de Aragón. Otras conjeturas indicaban que era hijo natural del príncipe de Viana o nacido en Felanitx, Mallorca. Incluso se decía que su padre le había legado desde el anonimato un cuantioso patrimonio.

Su origen judío contaba igualmente con múltiples adeptos. Se dividían estos entre los que situaban su cuna en Ibiza y los que le señalaban como sefardí, descendiente de catalanes que habían huido a Génova después de las persecuciones de finales del siglo XIV. ¿Acaso no es lógico argumentaban que siendo judío converso tratara de ocultar sus orígenes?

Cuando tras dejar Barcelona, Enzo viajó hacia las tierras de Castilla escuchó también hipótesis sobre su origen gallego o luso, y lo justificaban porque no escribía en italiano y hablaba con acento portugués. Las disfrutó, pero su propia curiosidad se incrementó en grado sumo, y contaba los días en que lo conocería, para poder saber cuál era más verosímil.

Las discordias no se limitaban a los orígenes de Colón; se extendían asimismo en relación con quienes habían sido las personas que le prestaron un apoyo más verdadero para que pudiera emprender el que inicialmente se consideraba descabellado proyecto. En este caso, las divergencias se centraban entre aquellos que hacían depender su éxito del círculo de allegados a Isabel de Castilla y quienes aseguraban que fue el rey católico el que mayor interés tenía en ayudarle. Los primeros afirmaban que sin el apoyo de Pedro González de Mendoza —cardenal de Toledo y tan influyente que era conocido entre la nobleza como el tercer rey de las Españas— o de Hernando de Talavera, confesor de la reina, nunca hubiera podido emprender su viaje en pos de las riquezas de Oriente. Los segundos defendían que nunca hubieran izado velas aquellos bajeles si no hubiera sido por el respaldo del primer mayordomo del monarca, Juan Cabrero, y porque Luis Santángel, racionero de Aragón y el más allegado entre los fieles del rey católico, desembolsó los dineros necesarios para financiar adecuadamente la expedición.

Todo eran misterios, a veces reducidos a tema de apasionada conversación en la taberna, o de displicente murmullo. Ni siquiera seguir los pasos del Almirante cuando procedente de Portugal llegó a España, estaba libre de disputa o controversia. Algunos afirmaban que antes de acudir a los reyes se dirigió Colón al duque de Medinaceli y al de Medina Sidonia, ambos hacendados ricos y poderosos, amén de armadores y consignatarios de buques. La negativa de estos o su convicción de que tal asunto requería tratamiento por parte de la monarquía guiaron sus pasos hacia la corte. Otros consideraban disparatada aquella explicación pues del mismo modo que Colón, personalmente o por mediación de su hermano, presentara su proyecto al rey de Portugal o al de Francia, al llegar a Castilla era imposible que recurriera a personas que aunque de innegable importancia no eran los monarcas.

Cuando supo que a Colón le habían firmado las encomiendas, Enzo pudo dar por segura la expedición y decidió ponerse inmediatamente en marcha para conocer a aquel hombre de las mil historias y enrolarse con él tal y como prometió a Simonetta.

Se dirigió primero a Córdoba, donde le aseguraban que el recién nombrado Almirante residiera mayormente desde su llegada a Castilla, y después a Granada y a Sevilla, donde, en el monasterio de la Cartuja, le dieron razón de que se encontraba en algún lugar de los alrededores de Huelva, pues cerca de allí debía partir su flota. Fue también en el monasterio de la Cartuja donde, al abrigo de la hospitalidad de los monjes, y haciendo noche en la hospedería con otros caballeros —y en especial con uno que pasaba ahí unos días, antes de volver a su Navarra de origen—, se enzarzó en una de esas conversaciones que tenían a Colón por protagonista, intrigada tanta gente por su origen y por si, de conocer este, se podrían entender las claves de su peripecia.

—Pues a buen seguro no deben andar en yerro quienes dicen de algún antepasado judío, si nos atenemos al enconado juicio que merece el tal Colón al cronista

González de Oviedo, que es bien conocido por su gusto en convertirse en martillo de herejes.

—A mí lo que no se me acaba de esclarecer es si dicen vuesas mercedes que el rey Jaime II era gran cristiano y partidario de las Cruzadas, cómo podía Colón no tenerle aprecio y más si como decís compartían idéntica fe en el mismo empeño. Además acaso no estaba en el mismo bando el duque de Anjou.

—Lleváis razón, caballero, no había yo reparado en ello.

—No siempre los que apoyan una misma causa lo hacen por idéntico razonamiento o porque compartan iguales sentimientos. Muchas veces sucede incluso que aquellos que nos tendrían que ser más fieles son los primeros que nos apuñalan y urden contra nosotros terribles conspiraciones. Así fue célebre el caso del César a quien apuñaló Bruto, su hijo bien amado. Que fue de verle entre los traidores que su padre se dejó matar. Y otras veces actúan esos hombres guiados por el envidioso interés en querer que en caso de que triunfen sus ideas no se vean en la obligación de compartir los honores.

—Yo lo que entiendo es que si Colón fuese un marino genovés, hijo de un cardador de lana, que pasara sus mejores años navegando, se entendería esa relación tan personal con el mar, esa fe en que el mar lo ha de llevar al puerto, que el mar es hermano. Y de ahí se entendería también que tuviera los conocimientos de un excelente nauta como según dicen tiene el Almirante.

—A eso me vengo a referir, también, en efecto. Porque no podría entenderse, o fuera cosa de santos, que un cardador de lana carente de formación esmerada y rigurosa pudiera tener tal destreza.

—Pues a mí —insistía otro de los caballeros— no me cabe duda de que son ciertos los rumores que le hacen hijo del príncipe de Viana. A quien, siendo como era virtuoso numen y diestro con la espada, correspondería ahora estar en el tálamo de la reina de Castilla.

—A mí me dijo un mallorquín que Colón llegó a Portugal como ellos, temeroso de la Inquisición y que todo aquello del accidente que tuviera con su supuestamente familiar Coullon o Collons no fuera otra cosa que fingimiento para evitar dejar rastro de su llegada a Portugal. Pues ¿quién iba a pedirle la documentación a un náufrago?

Y así siguieron casi hasta el alba, para retirarse sin apenas más información que al principio, pero ahítos y satisfechos

Una vez identificado, finalmente, el paradero del Almirante, navegó hacia Huelva el italiano. El tiempo era espléndido y disfrutó de la travesía, con el corazón inquieto de los retos que tenía. Fondeó en la desembocadura del Odiel, cerca de mediodía. Se puso inmediatamente a buscar un lugar en que pudiera calmar su estómago. Unos pocos pasos le bastaron para encontrar una posada que le inspiró confianza enseguida pues era muy frecuentada por gentes que parecían pescadores del lugar o marinos.

Al entrar percibió un excelente olor a guisos y fritangas. Regentaba el local una mujer ya madura, de proporcionadas curvas y poderosos senos, morena y llena de una vitalidad telúrica que le iluminaba los ojos. El pelo negro como el azabache lo llevaba recogido en un moño coqueto y solo en apariencia descuidado.

Mostraba la tal señora amplio desparpajo y complicidad en el trato con su nutrida clientela con gran atención a preguntarles sobre sus cuitas o a tener con ellos los detalles que más pudieran agradarles. Por lo que pudo oír, era la mujer viuda. Tenía dos churumbeles que pronto vio por el local, corriendo y berreando enganchados a las piernas de cuantos les hacían caso.

Cuando le llegó su turno a Enzo, se acercó la mujer, con donaire. Le sonrió, apreciativa.

—Nuevo por aquí a lo que veo. Por vuestra piel morena y curtida apostaría que sois marino.

—En efecto —contestó Enzo—. Y yo apostaría que vos sois la dueña de esta agradable posada. Decidme pues qué podría tomar aquí.

—Prácticamente de todo, caballero. Todo fresco el pescado, casi escapa por el salpicadero el último que mandé a la sartén. Además de una gran variedad de guisos y carnes al sahumerio del carbón.

—¿Qué tipo de guisos?

—Cabrito apedreao con limón ceutí, cazuela con su ajico y cominico, pollo pepitoria a la cordobesa, rosquillas de alcafor, cañamones...

—Y decidme... ¿lleva alguno de esos guisos cebolla...?

—Pues claro, resalao. —Se le escapó la risa—. Como decía mi abuela, a quien Dios en su gloria tenga, olla sin cebolla es como boda sin tamborín. Ya sé bien yo, pese a la brevedad de este encuentro, lo que a vos os ha de venir en gusto.

—La verdad, señora, es que se me hace la boca agua al oíros. Aunque vuestra donosura, esos ojos que brillan más que los diamantes de la reina de Saba y vuestro cuerpo grácil casi me quitan el hambre y a más de uno el hipo incluso le quitarán. Bien seguro van por vos los hombres de cabeza.

—Veo que sois locuaz y de requiebro fácil —rio ella de nuevo—. Puedo aseguraros que hoy vais a comer como un rey.

Al ver la buena entrada que tuvo con la mujer, pensó Enzo que podría indicarle, tras los postres, algún detalle de la expedición. Aquella era una posada concurrida. Seguro que ella misma conocería gente de la zona que supiera del Almirante y de su tripulación.

Y se concentró en hacerle justicia a las viandas, que el cabrito, con guarnición de cebolla y orejones, era de príncipes. Y el pan y el vino de casa blasonada.

Cuando estaba menguada la clientela y casi vacío el local, le dijo a la simpática samaritana:

—He oído decir que está próxima a partir de aquí una flota en busca de una nueva y más conveniente ruta hacia las Indias. Y que será comandada por un gran marino genovés.

—Ya pensaba, y no me digáis por qué, que este es el tema que os había traído a Huelva... Ese es el andancio que circula por estos pagos, sí, señor.

—Y podríais con vuestra gentileza decirme a quién me puedo dirigir para enrolarme. Bien seguro que tan larga travesía necesitará marinería numerosa.

La mujer se hizo algo de rogar entre arrumacos y coqueteos hasta que dijo:

—Más en la *tardezita*, señor. Si os esperáis por las cercanías me ocuparé personalmente en presentaros al hombre que después del Almirante dirige esta aventura.

—Y cómo se llama tal caballero.

—Martín Alonso Pinzón, gran marino y de familia de antiguos armadores.

—Había oído mencionarlo en algún lugar, pero ignoraba que estuviera en esta empresa... ¿Es persona amable y de noble corazón?

—Malo no es, no, pero amargo como el ricino.

Caída la tarde apareció el mencionado Pinzón e hizo la mujer según lo prometido la presentación. Expuso Enzo sus credenciales y mostró enseguida, sin apenas esfuerzo, sus amplios conocimientos de nauta. Martín Alonso lo escuchó atentamente, con los ojos semicerrados mientras pensaba que un marino bregado como aquel le vendría de perillas. Por eso no se hizo de rogar y aceptó de inmediato la petición del italiano para embarcarse. Pero el acuerdo duró poco, porque de inmediato surgieron las primeras desavenencias cuando pidió Enzo conocer al Almirante. Conocerle era su principal promesa a una gentil dama, pensó, y se mostró por tanto decidido a no embarcarse sin antes conocer al Gran Almirante. El marino andaluz rehusó tal exigencia con excusas pero el italiano insistió y lo argumentó con estas palabras:

—Sepa vuesa merced que no suelo emprender largas travesías sin conocer a aquel o aquellos que están al frente de las mismas porque así me lo aconseja la experiencia. Igualmente creo merecer tal dignidad dado que soy un navegante experto como creo os he probado y no un grumete o un mercader de Berbería. Es el interés y no la necesidad los que me hacen desear vivamente hacerme a la mar, pero solo me enrolaría en una aventura de esta índole si sé, a ciencia cierta, que me guían los mejores.

Conoceros ya es una garantía, pero no puedo avanzar más sin conocer al Almirante.

Como Pinzón no estaba dispuesto a perder la oportunidad de contar en su flota con tan buen elemento, cambió la inflexión de su voz y trató de mejorar su imagen ante el italiano.

—Os comprendo. Y quisiera que os dierais cuenta de que si me opongo a complacer vuestro interés por conocer al Almirante no es por desconfianza o recelo hacia vos. Es su carácter y sus repentinos cambios de humor y, en especial, su forma de comportarse lo que me preocupa, pues siendo como es retraído, lunar y proclive a la desconfianza, puede al conoceros darle un viento y no quereros en su tripulación. Esto ya me ha sucedido. Y sois demasiado valioso para no poder contar con vos. Además, por idéntico motivo os digo que supone para mi grande violencia exponerle vuestra súplica.

Enzo se mantuvo firme, con severos modales florentinos, sin alzar la voz ni perder la sonrisa, pero sin ceder un palmo de terreno. Finalmente Pinzón aceptó trasladar al Almirante su ruego y quedó fijado el encuentro para el día siguiente en el cercano monasterio de La Rábida, que era donde Colón tenía fijada su residencia aquellos días.

Como al terminar la charla con el mayor de los Pinzones era ya noche cerrada, decidió Enzo hacer noche en aquella posada. La dueña le dispuso enseguida un cuarto limpio, y lo hizo con tanta celeridad que supuso que ya lo había imaginado. Y aunque hubiérale gustado un trato más íntimo con ella, la vislumbró, a aquellas horas, pese a su cortesía, todavía anclada en su condición de viuda.

Partió al alba hacia el monasterio franciscano. La Rábida era un monasterio impresionante, y él, como todo viajero que llegaba por primera vez, se sintió transportado por su planta y su majestuosidad. Para empezar, estaba en un lugar privilegiado. Habíase construido sobre un promontorio que parecía desafiar al Atlántico, y que servía para separar los dos brazos del Tinto y el Odiel. Además, se erigía sobre las sucesivas ruinas de los templos alzados por otras civilizaciones, que habían desaparecido. Así, en los cimientos reposaban los restos de un altar fenicio, luego de un templo romano a la diosa Proserpina, en el que según una leyenda local habían tenido lugar sacrificios de doncellas para aplacar a la deidad; después fue erigido un pequeño templo-fortaleza árabe, que se conocía como Rábida, de ahí el nombre y por fin pasó a los cristianos. Se tenía noticia de la estancia de los templarios, por los que Colón sentía tanta y tan discreta simpatía, de modo que, en el sentir de Enzo, como descubriría años después, cuando rememoraba aquellos días, no debía extrañar que hubiera escogido ese lugar para la espera. Por último, era seguro que había fundado el monasterio franciscano el propio Francisco de Asís, a inicios del siglo XIII, aunque había, era cierto, un documento posterior en un siglo que fijaba la constitución en 1412, por bula de Benedicto XIII. Pero los franciscanos, aunque no se pronunciaban, preferían la primera historia, porque sentían la presencia casi física del santo entre las cuatro paredes de los recintos.

El monasterio tenía, desde las primeras edificaciones, un aire y otros elementos de fortaleza, porque era necesaria su protección frente a posibles desembarcos piratas. La iglesia invitaba al silencio, y también los corredores y patios.

Lo mejor del monasterio es que irradiaba paz, pero también jovialidad y respeto. Frente al *ora et labora* benedictino, los franciscanos, igualmente laboriosos, igualmente estudiosos, pero algo más zascandiles, se demoraban con frecuencia en cantar a Nuestra Señora y siempre en servir a los más necesitados sintiéndose como ellos. A Enzo le recibió un monje que le indicó que Colón se encontraba ahora en un patio superior junto al campanario, pues era para sus ojos la vista que desde allí se divisaba complaciente.

Tras subir una empinada y angosta escalera, de peldaños desnivelados y torticeros, pudo Enzo ver al Almirante. Estaba en mitad del patio, inmóvil. Se giró el genovés al oír sus pasos. Llevaba un tabardo largo de lana cruda, cerrado por botones con baño de plata y un sombrero de doble ala puesto al través. En la copa se adornaba con una cinta roja y reluciente. A contrasol, el tocado oscurecía el rostro desde los ojos al mentón como si de un pañuelo a la usanza de los bandoleros de la antigua bética romana se tratara. De sus bordes se escapaba el pelo rubio a media melena y asomaban algunos tirabuzones ensortijados. Tenía la mirada como perdida en la lejanía y al andar parecía flotar, quizás entre el cielo y la tierra. Le saludó con un gesto mesurado, como si ahorrara fuerzas. Tras presentarse, dijo Enzo:

—Que el señor de los cielos y la tierra os acompañen, gran almirante de los mares. Los mejores agüeros os deseo y quiero de vuestra gentil disposición pediros me permitáis formar parte de la tripulación que para vuestro viaje de seguro estáis reclutando.

—Andaos a cardar lana con tanta esdrújula —replicó Colón—. ¿Sois marino o leguleyo?

—Soy marino —respondió Enzo de inmediato, no fuera que las informaciones de Pinzón sobre el carácter huraño fueran ciertas y lo dejara en tierra.

—¿Sabéis vos qué es la ira de Dios?

Enzo no sabía si esperaba una respuesta o era meramente una pregunta retórica. Decidió quedarse callado.

—La ira de Dios es la furia y compasión que le produce al Creador la pedantería y vanagloria de los hombres. Y tengo para mí que entre ellas se siente en especial desafecto ante el sabelotodo salmantino.

Hizo una pausa y más sosegado preguntó:

—¿Habéis traído vos cucharas para los monjes?

Enzo se extrañó.

—No sabía que fuera de menester.

—Pues muy mal. Uno sube a un convento con saco lleno de cucharas. Y a poder ser de madera de fresno, que son las mejores. Pero hablemos de navegación, en lo que confío seáis más ducho que respecto de las necesidades de la vida monacal...

—He navegado con Simbad.

—Y yo con Noé.

—Puedo demostrároslo.

—¿Cómo?

—Con los mapas que entregué a Toscanelli. ¿No los tenéis?

—¿Por qué los tendría?

—Por Simonetta.

El Almirante dio un respingo, se quedó mucho rato en silencio, al fin le espetó:

—Seréis mi segundo de a bordo. Mañana mismo informaré a la tripulación de que os ocuparéis de la estiba y daré orden se os facilite lo necesario para este menester.

Por unos instantes los dos hombres quedaron en si-

lencio. Enzo seguramente pensando que había conseguido su propósito con mayor facilidad de la que esperaba.
Colón, por su parte, pensando si podía permitirse hacer
preguntas a un hombre que acaba de conocer en relación
con la mujer que tanto amara y aunque no quisiera reconocerlo continuaba queriendo. Enzo retomó la conversación. Le convenía conocer cuál era la relación del Almirante con Martín Alonso y qué perspectivas tenía en
relación a la marinería que debía acompañarles.

—Me costó conseguir entrevistarme con vos —dijo.

—¿Cómo es eso? Podéis imaginaros que sabiendo yo
como sé quién sois no pondría ningún inconveniente en
encontrarme con vos.

—Pues a Pinzón no le parecía procedente.

—Él fue por tanto quien os ponía impedimento...

—En efecto. Aunque me quería en su barco.

—No me gusta, eso quiere decir que sabe más de lo
que yo creo que sabe.

Enzo puso cara de circunstancias como dando a entender que curiosidad no le faltaba pero que tampoco
quería pecar de indiscreto.

—Os haré confianza, ya que vos solo parecéis sabelotodo, sin en realidad serlo. No me gusta ese hombre.
Hay algo en él de mal fiar. Me parece que la ambición y
la codicia le dominan. Y además, algunos pequeños detalles me impulsan a poner en duda su lealtad.

Ante la sorpresa de Enzo al ver la desconfianza del Almirante hacia su tripulación, Colón prosiguió:

—Vos sabéis de aquel buen hombre Timoteo gran artista en tañer las flautas que, cuando le contrataban, le preguntaba al alumno en ciernes si tenía instrucción: «¿Vos de esto sabéis algo?» Si le decía que sí, le cobraba doble, ya que era doble trabajo porque antes de enseñar había que desenseñar lo aprendido, pues aquí igual. Que igual debería hacer yo con esta marinería si no fuera porque hay que acatar las circunstancias cuando las circunstancias mandan.

Y luego se refirió al viaje:

—Pienso partir de Canarias, pues es un enclave idóneo para ese viaje. Permite navegar en sursudeste de manera favorable siguiendo la corriente de los alisios en dirección a Catay desde la isla de Hierro setecientas leguas. Dada vuestra experiencia me gustaría que fuerais mi segundo de a bordo.

Siguieron conversando.

—¿Es cierto, Almirante, que a vos os sugirió la existencia de tierras más allá del mar tenebroso un piloto que había llegado a ellas por casualidad dejándose llevar por el viento?

—Conozco esa historia, y aunque no me he molestado en refutarla, puedo aseguraros que eso no solo es mentira sino que me parece una infamia. Y además, si es usted florentín como dice habrá conocido, aunque solo sea de nombre, a Paolo dal Pozzo Toscanelli, el mejor astrónomo y cosmógrafo de nuestra era, buen amigo del cardenal Nicolás de Cusa y de otros hombres sabios. Podría preguntarle si acaso no es cierto que yo le escribí hablándole de la existencia de esas islas muchos años antes de la fecha en que las malas lenguas aseguran que fui informado por aquel infeliz piloto.

Hizo una pausa y añadió:

—Con el único hombre con quien intercambié opinión y noticia de mis intuiciones, a excepción de Toscanelli, fue con Baheim, precisamente en las Azores cuando me visitó en cortesía de estar nuestras respectivas damas en posesión de islas recientemente descubiertas. No se engañe en este asunto, alcancé yo por mi propio razonamiento e intuición la posibilidad de la ruta de poniente mucho antes de tener noticia de los estudios y las cartas del docto Toscanelli. El conocimiento de su trabajo no hizo más que proporcionarme mayor confianza en lo acertado de mis suposiciones.

Pasados unos días Enzo se dirigió de nuevo hacia La Rábida tanto para informar al Almirante sobre el aprovisionamiento de las naves como darle cuenta de los avances en la contratación de la marinería. Se encontró esta vez al Almirante en la biblioteca, donde tenía desplegados sus libros, sus legajos y sus incontables cartas de navegación. Parecía enfrascado en tan extraños cálculos que por un momento el propio Enzo dudó de que ni siquiera él pudiera aclararse en aquel Dédalo de peregrinos y pitagóricos arcanos numéricos. Aún más se cercioró en su dificultad cuando advirtió, y fue mucha su sorpresa, que el Almirante utilizaba cifras en números romanos en lugar de los números arábigos claramente más indicados para el correcto ejercicio de las matemáticas.

Tenía el Almirante en un atril un libro en donde Enzo reconoció inmediatamente la edición latina de los viajes del veneciano Marco Polo. El libro estaba profusa y ampliamente iluminado por las anotaciones y comentarios de Colón que alternaban con pequeños dibujos a modo de señal o ilustración. Se sonrió el florentino cuando se dio cuenta de que para señalar los pasajes que sin duda consideraba de mayor interés utilizaba el marino el dibujo de una pequeña embarcación en la cual la vela latina se trocaba en un índice dirigido hacia aquellos párrafos que llamaban su atención de forma más poderosa.

—La mayor de las influencias me vino de la excelente prosa del incomparable caballero veneciano conocido por Marco Polo. Ese hombre cuenta su estancia en China y las maravillas que le fue dado contemplar en la ciudad de Chang-han bajo el imperio del llamado Gran Khan que es, en traducción romance, rey de reyes. Noches enteras pasé absorto y lleno de deleite al leerle referir que en aquellas tierras lejanas los tejados de las casas estaban cubiertos de oro y donde la especiería era tan abundante que por eso fue llamado ese país el País de las Especias.

Se unieron entonces a los dos hombres, con su discreción habitual, los frailes Antonio Marchena y Juan Pérez, en aquel entonces guardián del monasterio. Como habían escuchado la conversación mientras atravesaban el angosto corredor que unía la biblioteca con el claustro, no bien entró preguntó a Enzo fray Juan:

—No sé si tiene usted noticia de las expediciones que años ha completaron por aquellas tierras virtuosos monjes de nuestra orden. ¿Ha oído hablar de sus proezas?

—He oído mencionar su existencia en mis viajes. Pero mucho le agradecería, fray Juan, si tuviese usted la bondad de ilustrarme en relación con tan magníficas expediciones.

—El primer fraile perteneciente a nuestra orden que viajó a aquellas tierras fue Guillermo de Rübruck, conocido en lengua castellana como Rubruquis, infatigable monje franciscano y viajero que fuera enviado por el rey Luis IX en legación a las tierras de los tártaros y mongoles. Tras estudiar geografía con las obras de Solino e Isidoro de Sevilla, marchó al Asia Central siguiendo la ruta del misionero húngaro llamado fray Julián, junto a Bartolomé de Cremona, un asistente llamado Gosset y un intérprete al cual renombraron en Hombre de Dios, traducción literal del nombre árabe Abdullah. El viaje de este monje de Brabante al Este de Asia precedió en diez y ocho años al de Marco Polo. Es el primero de todos los geógrafos cristianos que da una idea exacta de la posición de China, la cual designa con el nombre mongol de Catay (Cathata), de sus fábricas de seda y de su papel moneda.

Enzo escuchaba con interés, y también el Almirante asentía levemente con la cabeza. Supuso el italiano que ya había escuchado la historia en alguna otra ocasión, pero que le complacía la recreación, por la proximidad de los empeños.

—Como veo que gustan de temas eruditos —dijo Marchena—, quiero que sepan que fue Roger Bacon quien primero presentó los preciosos extractos de las relaciones oficiales de Rubruquis.

Dicho esto, hizo una pausa el monje, tosió unas flemas y prosiguió.

—No fue esta sin embargo la primera embajada que las órdenes mendicantes de la cristiandad europea llevaron a cabo en las tierras de Asia. Antes de Rubruquis, viajaron a aquellos lares Andrés de Longjumeau, misionero dominico francés, uno de los diplomáticos occidentales más activos en el Oriente en el siglo XIII. Dirigió este dos embajadas ante el Imperio mongol. La primera a instancias del rey Luis IX de Francia, deseoso de recuperar la corona de espinas que le había vendido en 1238 el rey cristiano Balduino II de Constantinopla, que estaba ansioso por obtener apoyo para su imperio tambaleante. En la segunda llevaba cartas del papa Inocencio IV y regalos y cartas de Luis IX de Francia para Güyük Khan. Buen conocedor de Oriente Medio, hablaba árabe y una lengua que según se cree se hablara en Caldea. Visitó los principados musulmanes en Siria y a representantes de las iglesias nestoriana y jacobita en Persia; por último, entregó la correspondencia del papa a un general mongol cerca de Tabriz. En Tabriz, André de Longjumeau se reunió con un monje del Lejano Oriente, llamado Simeon Rabban Ata, que había sido designado por el Khan para ocuparse de la protección de los cristianos en el Oriente Medio.

Intervino entonces fray Juan.

—Todo esto ha alimentado en amplios sectores de la cristiandad la idea de que en las tierras de China podría florecer la religión cristiana y extenderse.

Volvió de nuevo entonces a tomar la palabra el Almirante.

—Pedro Aliaco, el cardenal d'Ailly, para mí ha sido fuente de instrucción continuada y constante aliento de mi inspiración. Fue este cardenal quien hizo importantes indicaciones sobre la posible distancia entre Cádiz y las Indias, con meditadas referencias al propio Plinio.

La llamada a nonas interrumpió la conversación, que quedaron en proseguir lo antes posible. Enzo permaneció aquella noche en La Rábida pues ya era tarde para regresar a la posada que regentaba la dicharachera viuda y en la que había acabado instalándose hasta la salida a la mar.

12

La derrota de un sueño

Aún falta para el Oficio de Tinieblas, cuando el Almirante se arrodilla delante del Sagrado Corazón, entorna los párpados y reza con fervor la *Salve*. Tres veces, según era su costumbre. Luego se pone en pie, abre el postigo de la ventana y mira ese paisaje de La Rábida que tantas veces había aliviado su fatiga. Sale de su celda y avanza decidido hacia la biblioteca, donde sabe que podrá despedirse de Marchena. Luego hace lo propio con Juan Pérez. «Será la última vez que te vea», piensa, al hallar en su rostro la mirada de quien espera sereno la última visita.

Ya amanecido y cumplida la liturgia de las horas, se dirige hacia la desembocadura del Odiel donde le reciben lágrimas y pañuelos arrugados entre gestos que esconden iras, envidias o desprecios. A las ocho de la mañana da orden de lanzar las velas y mientras el viento las hincha, escribe el primer apunte del diario que de forma tan pomposa prometiera a los monarcas de Aragón y de Castilla:

Partimos a 3 días de Agosto de la barra de Saltes a las ocho horas. Anduvimos con fuerte virazón hasta el poner el sol hacia el Sur sesenta millas, que son quince leguas, después al Sudeste y al Sur cuarta del Sudeste, que era el camino para las Canarias...

El entusiasmo que le invade no le impide pensar que la providencia podría marcar la derrota de su sueño con insólitos peajes.

A los pocos días de iniciada la travesía, la *Pinta* marca una avería. En el castillo de popa, el Almirante mira a Enzo y lleno de cólera le dice:

—Ya sabía yo que Rascón y Quintero nos la iban a jugar. Aposta habrán descuidado el flete. Y ahora, apuesto lo que queráis a que el gobernario se salió de bridas. —Hace una pausa, frunce el ceño y añade—: Con este viento, si barloventeo para asistirla, igual la embisto. Ya se las arreglara Pinzón, si no será tan bribón y bellaco como buen marino.

La *Pinta* se dirigió a Gran Canaria y la nave almirante

a La Gomera. La *Niña*, que tampoco surcaba muy católica, andaba lenta e indolente hacia la costa como si fuera una vieja carraca con exceso de tonelaje.

Cerca de un mes se tardó en poner los bajeles a punto. A la *Pinta* se le tuvo que cambiar el timón y calafatearle la cubierta. A la *Niña* se le sustituyó la vela latina por otra cuadrada para que tomara más viento; también se le añadió un mástil entre la mayor y mesana.

El Almirante intentaba menguar su inquietud con citas con los notables del lugar que muchas veces más que paliar aumentaban su zozobra. Enzo aprovechó para conocer aquellas islas y algunas tardes se entretenía en saber los detalles de la disputa que por su soberanía había mantenido la Corona de Castilla con Portugal. Leyó incluso —y con deleite— las alegaciones presentadas ante la Santa Sede por los castellanos y se decía: «Brillante y erudito era este Alfonso Cartagena y hábil en el disimulo de las trampas de la retórica.»

Cuando Colón ya parecía dispuesto a aceptar la espera entre el tedio y la resignación, le llegó el aviso de que el rey de Portugal, envidioso ahora de lo que en otro tiempo despreciara, había dispuesto tres carabelas por aquellos derroteros con la intención de capturarle.

El 8 de septiembre, con las embarcaciones finalmente reparadas y la estiba bien provista, se aprestó el Almirante a salir a toda vela, pero el viento se hizo ahora el remolón y durante tres días estuvo tan manso e indolente que no permitió ganar ni media legua.

Enzo, que ya había atravesado el Atlántico con Zheng He, pensaba que las Canarias eran buen punto de partida para llegar al continente desconocido que habían encontrado con Zheng He. La mayor parte de los mapas de la época situaban el principal puerto de China, Hangzhou, en la latitud del archipiélago canario. Pero existía otro motivo para tomar esa ruta, acaso más importante: el sistema de vientos del Atlántico. Las Canarias se hallan en el curso de una corriente que permite acceder al corredor de los vientos alisios del noreste. Un navegante que conjugara valor y experiencia para navegar a sotavento, con la confianza añadida de que también encontraría vientos favorables a la hora de regresar, podía ver en la ruta de las islas la mejor vía rápida.

Ciertamente, no disponían de referencias previas salvo lo que Enzo decía haber visto y que Colón guardó para sí. Para los demás el riesgo era innegable: ¿y si las distancias superaban sus previsiones? ¿Y si encontraban algún peligro nunca visto, imaginado siquiera? Cuando se pensaba en la Atlántida como próspera simetría de lo conocido, nunca tenía cabida el terror, pero ¿y si la fuente del oro y de la edad era, en realidad, una fuente de salitre para maldición de intrépidos y herejes?

No sería hasta el 11 de septiembre que se vería el

Almirante con las suficientes millas de por medio como para considerar definitivamente iniciada su travesía. Sin embargo, le atormentaba el temor porque la tripulación, al verse tan lejos de casa e ignorante no ya solo del paradero sino de su existencia misma, se amotinara obligándole a regresar. Convencido de que la prudencia está en prevenir más que en curar, decidió llevar dos cuentas de las leguas que andaba cada noche y cada día, que los marineros llaman singladuras, una de ellas secreta, solo para sí, y la otra pública, para compartirla con la tripulación y con los pilotos de los tres navíos, en la cual ponía siempre ocho o diez leguas menos de las que andaba. Así no parecería tan largo el camino o tan lejano el paradero. Enzo no tardó en advertir la treta y se lo recriminó a Colón con ironía. Este, que parecía, a pesar de todo, de buen humor, celebró tener un primer oficial que advertía las estrategias de su superior y le dijo:

—No querrás que empiece a ver cómo los niños de la *Niña*, o cualquiera con honradas excepciones de esta inexperta y cautiva marinería se tira por la borda o inunda las letrinas.

Los dos se rieron y el Almirante recordó con humor:

—Imagínate cual no sería el terror de esa chusma si supieran que por atravesar esta latitud el divino poeta de tu patria condenó a Ulises al infierno.

El 11 de septiembre los navegantes celebraron con regocijo descubrir en el cielo algunas aves que les parecieron la señal inequívoca de que avistarían tierra muy pronto. Eran una garza y un pájaro de los trópicos llamado cabo de junco, que les siguieron durante un rato, y que los marineros sabían que no gustaban de adentrarse en alta mar, sino estar en las proximidades de las costas. Cada momento era muy emocionante, porque de noche les asaltaban estrellas fugaces, que los marineros más viejos consideraban signos de éxito, y que hacían que algún grumete se santiguase con disimulo. Una noche les asustó una impresionante llama de fuego que se desplazaba con rapidez, presta a caer en mitad del océano. Alguno aventuró que era un castigo divino por atreverse a explorar sus dominios, pero Colón, a quien complacían estos golpes de efecto, les explicó que era un meteoro, con el soporte de la erudición de algunos maestros italianos que todos, excepto Enzo, desconocían. Se permitió algunas licencias para mejorar la historia, pero consiguió, con su retórica mesiánica, hacerlos sentir los visionarios privilegiados de un fenómeno natural que, más que ratificar la cólera de Dios, revelaba el gusto del Supremo por la belleza en el universo. Ese meteoro, díjoles, y ojalá pudieran ver muchos más durante el resto de la travesía, era algo común en aquellas latitudes, y se dejaba ver gracias a la serenidad del firmamento. Parecía caer con la máxima verticalidad, pero nunca atravesaba las nubes. Ciertamente, su cola parecía una llama, pero jamás daría lugar a una lluvia de fuego.

Seguían gozando de un viento favorable, con escasos aguaceros y algunas nubes. Las naves avanzaban con tranquilidad, pero sin pausa. No fue preciso, en varios días, recomponer apenas la exposición de las velas. De hecho, la serenidad de la travesía dejaba a los marineros frescos y poco cansados, sin demasiadas tareas una vez que habían limpiado hasta la saciedad maderas y metales y examinado nudos y cuerdas. Los días se parecían mucho unos a otros. Antes del alba empezaba la jornada, musitando las primeras oraciones. Luego los marineros se afanaban en limpiar las cubiertas, con la ayuda del agua del mar que los grumetes subían en unas cubetas con ayuda de poleas herrumbrosas y enormes. El desayuno, frugal, era un trozo de queso y galleta seca y también ajos y agua. Se estudiaba la dirección de las velas, para que aprovecharan de la mejor manera posible las veleidades de los vientos. Enzo amaba especialmente esta ocupación, en la que solía intervenir con alguna observación puntual, pero sin asumir responsabilidades porque siempre la supervisaba en persona el propio Colón. El almirante estaba convencido de que la esencia del marino no era solo la comunión con el mar, sino la relación con los vientos, que podían hacer avanzar o fracasar una expedición, sencillamente por el gusto de hacerlo, como los caprichosos dioses de los romanos. Era preciso estar continuamente alerta, porque hasta la menor brisa contaba, solía decirle a Enzo.

En otra ocupación invertía Enzo buena parte del día, aunque esta la guardaba para su coleto, porque formaba parte de su condición de extranjero. Enzo se entretenía en recopilar palabras y expresiones de la jerga marinera del barco, con el mismo entusiasmo que los grumetes ignorantes. Las frases abarcaban un amplio elenco de ocupaciones y opiniones, desde «saca la cebadera» para pedir una caja de conservas ahumadas, hasta «pon la mesana», que era la manera de los oficiales de ordenar que se sirviera la comida.

Antes del mediodía se servía la única comida caliente, que habían preparado en unos calderos enormes los marineros más viejos. Casi cada día legumbres —garbanzos y lentejas, alubias grandes y pequeñas— y arroz. Solían añadir gruesos tacos de tocino.

Calentaban la comida en unos fogones hechos a partir de unas parrillas apoyadas en una base de tierra con carbón. Siempre había algún hombre que atendía especialmente a la evolución del fuego, porque en un barco nunca estaba lejos el irracional terror a los incendios.

La comida se repartía en cuencos de metal o platos de madera, y muchos marineros traían el suyo propio, con alguna tosca marca que identificaba al titular. Se comía en corrillos bulliciosos en que se repetían viejas historias y conocidas leyendas. También se comía a diario una galleta dura, que llamaban bizcocho, que se almacenaba en la parte más seca de las naves, y ahumados, especialmente sardinas y bacalao, nunca bien desalado. En los barcos había algunas gallinas, pero los huevos se reservaban para los escogidos, y a veces algún resto flotaba en los caldos, y era muy apreciado. Algún día también se repartía vino, de tinto casi negro, preferente los domingos.

Por supuesto, para defecar, a proa y popa habían dispuesto unos asientos perforados en que todos comulgaban con la naturaleza, del grumete al almirante. A veces, en pleno descargo, una ola juguetona les lavaba las nalgas con brío, lo que solía acarrear algún exabrupto o maldición, pese a su bondad en términos de higiene. Llamaban a aquella zona los jardines. Los paseos por los jardines eran jugoso tema de conversación, incluso en las comidas.

Y así pasaban las horas, a la espera. Por la tarde alguno lavaba su ropa con el agua del mar, aunque solo fuera para escuchar los chascarrillos de los que se burlaban de su empeño. Otros jugaban a las cartas, empeñando el tesoro de Genghis Khan y los cálices vikingos. Colón los entretenía con historias sobre lo que les esperaba, y también les narraba, con estudiada contención, las maravillosas gestas de otros marineros, algunos no españoles, para despertar en ellos el ánimo de la emulación. Lo hacía al caer la noche, antes de que rezaran por última vez aquel día, y de que entonaran el *Salve Regina* con diversos grados de emoción y conocimiento. Entonces empezaban las guardias de noche, y solo se oían las llamadas de los grumetes de guardia y algunos ronquidos.

Pero aquella calma amable era engañosa, y Enzo lo sabía. Porque a menudo un marinero prefería la borrasca, que lo mantenía ocupado, que el suave avanzar sin apenas esfuerzo, que procura tiempo para pensar en el futuro y para la desazón. Además, en los conocimientos marinos, la calma de la mar a la ida puede ser catastrófica al regreso, porque en ese juego de contrarios con el que el mar gusta aturdir a los marinos, podían tener que navegar a contraviento, en condiciones titánicas. Pero esos temores estaban, a juicio de Enzo, todavía en el corazón de los hombres, aún no eran un tema de conversación en las comidas ni de desazón en las otras pausas. Por eso, como distraídamente, se acercaba a los marineros que sabía que harían con mayor premura y detenimiento sus comentarios, y se regodeaba de aquella calma chicha, a la vez que destacaba la suerte que tenían de contar con el mejor almirante de todos los tiempos, que haría fácil el camino de regreso, cuando la gloria y las riquezas ya les hubieran sido propicias. Enzo sabía que muchos marineros, pese a haber vivido situaciones extremas, temían desde la superstición aquello que solo conocían por la narración de otros compañeros, frecuentemente magnificada. Por eso le inquietaba, por ejemplo, lo que podía suceder cuando se encontraran con un fenómeno de brujuleo que se produce en estas latitudes y tuviera que explicarle a la tripulación tan atípico fenómeno.

El 13 de setiembre por la noche, estando a unas doscientas leguas de la isla de Ferro, observó Colon por vez primera las variaciones de la aguja de marear. A media noche percibió que la aguja, en vez de señalar la estrella del norte, se inclinaba como medio punto, de cinco a seis grados, al noroeste, y más todavía a la otra mañana. Esto supuso para Colón una gran sorpresa. Durante tres días observó atentamente este fenómeno. Admirado de esta circunstancia, la observó atentamente por tres días, viendo que la variación aumentaba en razón del progreso. Al principio no hizo mérito de este fenómeno, sabiendo cuán pronta estaba su gente a alarmarse; pero al fin lo descubrieron los pilotos, y se extendió entre ellos la mayor consternación. No parecía sino que hasta las leyes de la naturaleza perdían su vigor a medida que se adelantaba en el viaje, y que iban entrando por otro mundo sujeto a desconocidas influencias. Temían que perdiese la aguja del todo su misteriosa virtud, y sin esta guía, se preguntaban mutuamente: «¿Qué será de nosotros en medio del vasto y solitario océano que nos rodea?» Colón puso en tortura su ciencia e ingenio para buscar razones con que mitigar aquel terror. Les dijo que no apuntaba la aguja exactamente a la estrella polar, sino a un punto determinado. La variación no la causaba, por consiguiente, un defecto en el correcto funcionamiento de la brújula, sino el propio movimiento de la estrella, sujeta al igual que los restantes cuerpos celestes a variaciones en su posición. La marinería aceptó estos argumentos llevados por la excelente consideración en que tenían los conocimientos astronómicos y la experiencia en el arte de navegar del Almirante. Enzo quedó vivamente impresionado por la agilidad mostrada por Colón en urdir una respuesta que no solo era posible sino que además coincidía en gran medida con sus conocimientos científicos.

Continuaron soplando ligeros vientos de verano del sur y del occidente por espacio de tres días, aunque la mar se mantenía como un espejo. Se vio una ballena levantar desde lejos su desmesurada forma, lo que Colón señaló al punto como favorable indicio, afirmando que aquellos cetáceos se mantenían siempre en las cercanías de la tierra. Pero se amedrentó la tripulación por la calma del tiempo. Decían que los vientos contrarios que experimentaban eran transeúntes y no sostenidos; y tan ligeros que no rizaban la superficie de la mar, siempre en temible calma, como un lago de agua muerta. Todo difería, observaban ellos, en aquellas extrañas regiones, del mundo al que estaban acostumbrados. Los solos vientos que prevalecían con fuerza y constancia eran del oriente, y sin poder para turbar la soñolienta quietud del océano; había pues el riesgo o de perecer rodeados de aguas paradas y sin orillas, o de no poder por la oposición de los vientos volver a su país nativo.

Colón continuó con admirable paciencia raciocinando contra tan absurdas fantasías, diciéndoles que la calma de la mar debía indubitablemente provenir de la vecindad de la tierra, en la parte de donde el viento soplaba y por lo tanto, no teniendo suficiente espacio para desarrollar su fuerza, bastaba apenas para obrar sobre la superficie. Pero no hay nada que haga al hombre más sordo a la razón que la influencia del miedo, el cual multiplica y varía las formas del peligro ideal, mil veces más pronto que la más activa sabiduría pueda disiparlas. Cuanto más argüía Colón, más ruidosas eran las murmuraciones de la chusma, hasta que el domingo 25 de septiembre se hincharon formidablemente los mares, aunque no hacía viento alguno. Este fenómeno que ocurre en alta mar con frecuencia, y que originan o bien las últimas ondulaciones de alguna racha pasada, o el movimiento que da a las mares una lejana corriente de viento, los marineros, empero, lo miraron con asombro, y aplacó los terrores imaginarios que había engendrado la calma.

La posición de Colón empeoraba a horas vista, porque pese a los signos que indicaban la proximidad de alguna costa, esta nunca acababa de perfilarse en el horizonte. Ya no eran suficientes las aves que avistaban, ni tampoco los restos de plantas que flotaban en el agua. Podían proceder, susurraba algún marinero, de otra nave, quizá de un naufragio, o de un islote nimio. Los ánimos se crispaban con facilidad, y hubo conatos de peleas en cubierta, que los propios marineros recompusieron, pero de los que Enzo tomó buena nota. Algunos marineros jóvenes, de esos que solo llevaban tras de sí ocho o nueve grandes viajes, preguntaron qué pasaría si llegaban a faltar las provisiones, y algún marinero viejo, con aires de bien informado, dijo que Colón también lo tenía previsto, aunque lo dijo como si su previsión no vaticinase nada bueno.

Empezaron a formarse con frecuencia corrillos de pocos hombres, a lo sumo, cuatro o cinco, nunca los mismos, que se deshacían rápido, cuando alguno de ellos alzaba la cabeza y miraba alrededor. Para Enzo era, sin lugar a dudas, el inicio de un motín. Lo había escuchado, hacía tiempo, de un marino veneciano: cuando los marineros se juntan como los círculos de un estanque al que se lanza una piedra, el capitán peligra. Y también sabía que pronto empezarían a desconfiar abiertamente del Almirante, pese a las semanas de admiración y de respeto y del orgullo que habían tenido por formar parte de su expedición. Cuando se tienen horas de conversación, las palabras cambian de sentido y una misma expresión, en función del acento, es laudatoria o de condena. La admiración por las pretensiones del Almirante se había transformado en desconfianza ante su evidente codicia. Un hombre que desafiaba de tal modo a la muerte no era un buen guía, porque le resultaban indiferentes las vidas de los demás, solo vivía pendiente de su gloria. Alguno llegó a insinuar que se alejaba de Europa porque ya no había rey de la cristiandad que quisiera apoyarle, y que había conseguido apoyos a base de deformar el nuevo mundo: ¿cómo sabía que iban a reportarles beneficios unos territorios que solo se conocían a base de relatos inverosímiles? Recordaban que muchos hombres de honor, así como otros hombres de ciencia, habían afirmado durante los preparativos del viaje que era una expedición sin sentido, condenada al fracaso. Lamentaban, de pronto, no haberles hecho caso, y, para aparcar cualquier responsabilidad, asociaban haberse enrolado a la capacidad embaucadora y torticera del genovés. Tampoco querían recordar, o dar valor, a las entusiastas declaraciones a favor, y cuando alguno de los marineros las recordaba, los que estaban en contra —siempre más activos, porque el resentimiento es contagioso— les restaban valor o las trataban sencillamente de mendaces.

Enzo se dio cuenta de que también a él le estaban apartando. Si durante semanas había sido un buen interlocutor y enlace con la tripulación, y había podido hacerles llegar algunas informaciones que él consideraba tranquilizadoras, ahora muchos lo veían como la mano derecha del iluminado extranjero, y desconfiaban de sus palabras o, sencillamente, huían de su encuentro o fingían con tosquedad una conformidad que no sentían, a la espera del momento de la sedición.

Pocas cosas unen más, sabía Enzo, en un ambiente cerrado, que una alianza basada en el odio. Aquellos hombres no podían decir, ni decirse, que empezaban a tener miedo, y por eso debían decir, y decirse, que su comandante, ya que no podía protegerlos, debía abandonar y replegarse. Pero la fuerza de Colón, su sola presencia, era tan intimidatoria que la discrepancia solo podía sustentarse en la fuerza, y quizás en una acción cruenta que imposibilitara definitivamente seguir con aquella empresa iluminada. Por eso, algún rufián propuso que directamente se lo echara por la borda y se variara el rumbo cuando cambiara la fuerza de la brisa. No era imposible, si se juramentaban atribuirlo a una caída fortuita cuando estaba con su sextante calculando distancias, precariamente apoyado en algún saliente de la proa. Y si era preciso, también podían reducir a los oficiales más fieles, aduciendo que tras la muerte de Colón se habían mostrado incapaces de proteger a su gente. Sabían que en España habría muchos oídos dispuestos a escucharles, e incluso la reina, que a pesar de ser santa era una mujer, y con excesiva inclinación a las fábulas del genovés, entendería la necesidad de sus actos y los premiaría por prudentes.

Colón era consciente de esas maquinaciones. Enzo le había puesto al corriente de algunas confidencias de marineros fieles, y él mismo se había percatado del ambiente que estaba aposentándose en la nave. Pero continuaba mostrándose sereno, y solo de vez en cuando, con ánimo pedagógico pero también disuasorio, advertía de los graves males que acontecían a quienes se amotinaban en un barco, rebelándose no solo contra su capitán, sino —habían de tenerlo presente— contra la propia monarquía. No sobraba recordar las atroces consecuencias para ellos y sus familias.

El 25 de septiembre fue un día especial, que todos retendrían después en la memoria, porque creyeron avistar tierra. Era otro día de mar calma y poco trabajo, con los hombres concentrados en limpiar las superficies de metal, más para estar ocupados que por necesidad real de los aparejos. Martín Alonso Pinzón le había enviado a Colón, tres días antes, un mapa en que, a su juicio, había algunas informaciones que podían resultarles útiles. Pinzón creía que por fin estaban cerca de Cipango, que es el nombre con el que los europeos conocían al Japón, y que había ya mencionado el propio Marco Polo. Aunque Colón creía que se habían desviado, a causa de las corrientes desconocidas, del rumbo hacia esa isla —en la que les esperaba, en decir de algunos marineros, más oro del que pudieran cargar 150 naves de su majestad—, algunas observaciones de Pinzón le habían dado que pensar, de modo que pidió que le volvieran a enviar el mapa. Púsose a estudiarlo con ayuda de sus pilotos y de Enzo, y cuando estaban enfrascados en un aspecto que parecía especialmente revelador, unas indicaciones que parecían corresponderse con las fuerzas de algunas corrientes subterráneas, desde la *Pinta* oyeron un desgarrado «¡Tierra! ¡Tierra!».

Era el propio Martín Alonso Pinzón, subido en la popa de su buque, mientras señalaba, enloquecido, al suroeste, a unas veintitantas leguas. Allí se veía, en efecto, una cordillera, la silueta de una isla. Todos los marineros de las naves empezaron a cantar, con fervor, el *Gloria in excelsis*, mientras Colón se arrodillaba extenuado.

Pero el éxtasis duró poco. Es verdad que los marineros, encaramados a los mástiles y a las escalas de cuerda, gritaron hasta enronquecer que se acercaban a tierra, y alguno hasta llegó a avistar manchas verdes como de bosques o prados. También Colón, partícipe con reservas de la alegría, convino en desviar un poco el rumbo que tenían, para acercarse con mayor celeridad. La fiesta parecía muy próxima. Sin embargo, con la luminosidad de la mañana la realidad se reveló muy otra, porque se trataba de une nube baja, especial, embustera, que se desvaneció con el cobijo de los rayos del sol.

Aquel desengaño fue terrible, porque reiteró la futilidad de su empeño. Sin embargo, no tuvo consecuencias inmediatas. Colón rehízo el rumbo, y continuaron navegando por las aguas tranquilas, encontrando incluso tiempo para nadar a mediodía, y para contar los delfines que se acercaron a los barcos.

Los delfines. Enzo sabía que eran otra señal de que estaban cerca de tierra, como también la presencia de los exocetos, o peces voladores, unos peces deliciosamente bobos que se remontaban por el aire y caían en cubierta, incrementando la diversidad del menú.

Los reyes de España habían ofrecido al marinero que avistase en primer lugar el nuevo mundo una pensión de treinta escudos. Por eso, los marineros, concentrados en las sombras del horizonte, se peleaban por gritar «Tierra» al menor indicio, no fuera que otro se les anticipase. Aquella sucesión de falsas alarmas también contribuía a desorientar a la marinería, por lo que Colón acabó prescribiendo que si los gritos no se correspondían con ningún descubrimiento en los siguientes tres días, el marinero que lo hubiera dado quedaría para siempre excluido de la opción al premio. Fue una medida necesaria, porque aminoró la excitación de los hombres, pero impopular, porque algunos pensaron que todavía estaban más lejos.

Según consta, la noche del 6 de octubre Martín Alonso Pinzón propuso que desviasen un poco el rumbo hacia el sur, aunque Colón se opuso. Pero, como le hizo notar Enzo, era muy inoportuno que se supiera que, en un tema de estas características, él y Martín no estaban de acuerdo, pese a que la entrega y la fidelidad de este, a aquellas alturas, estaba fuera de dudas.

—Es muy importante, señor, que os vean como un solo hombre a la búsqueda de un mundo que algunos empiezan a no imaginar.

—Lo que me inquieta, querido Enzo, es que sé que estamos a las puertas del paraíso, y a veces temo, por la obcecación de los seres humanos y la poca fe en la ciencia y en Dios, que no lleguemos a nuestro destino por apenas dos o tres días de navegación. No puedo imaginar ese destino aciago, que nos haría el hazmerreír de la historia.

Colón, por si acaso, mandó que los bajeles intentaran, todavía con mayor empeño, navegar conjuntamente, y que al menos se aproximaran al alba y en el ocaso, que eran los momentos en que el estado de la atmósfera resulta más favorable para divisar lo que está lejos.

Los acontecimientos se aceleraron: en el amanecer del 7 de octubre, los tripulantes más despejados de la tripulación del Almirante creyeron una vez más que divisaban tierra en el occidente; pero era tan confusa su apariencia, que ninguno quiso pronunciarse por no perder, si iban errados, todo derecho al premio. La *Niña*, empero, se adelantó, más imprudente, y al poco izaba una bandera como señal convenida de la presencia de tierra firme. Ahorrémonos explicar las manifestaciones de alegría porque, una vez más, se empañaron en unas horas. Algunos tripulantes hablaban de espejismos, otros de magia, pero el resultado era el mismo, que ante sí solo tenían un mar que empezaban a intuir más amenazante. Colón les ocupó un rato mostrándoles nuevas bandadas de pajarillos pequeños. Eran mucho más pequeños que los que habían visto hasta entonces, y probablemente otra señal, porque parecían de los que precisaban la proximidad de la tierra para cobijarse. Pero él era el primer que estaba inquieto, aunque no lo demostrara, ante tantos signos y tan reticentes realidades, de modo que pensó que debía haber pasado cerca de Cipango sin verla. No podía volver atrás, pero sí cambiar algo el rumbo para tranquilizar a las tripulaciones. Por eso, en la noche del 7 de octubre, tras una pequeña discusión con Enzo, decidió cambiar su curso al oeste-suroeste, dirección en que volaban los pájaros, y continuarlo al menos por dos días. Así satisfacía los deseos de los Pinzones, y creía animar a todas sus gentes.

La verdad es que aquellos tres días ofrecieron constantes señales de la proximidad de tierra. Aparecieron frecuentes bandadas de pintadas avecillas de varios colores, que parecían seguir el rumbo de los barcos. Algunos las identificaron como los pájaros que conocían de sus pueblos, tierra adentro. También había atunes, y desde luego en las aguas flotaban brotes diversos, que los propios hombres cogían al bañarse. Parecían recién arrancados de la tierra. En sus memorias, dice Colón que el aire era dulce y fragante como la brisa de abril en Sevilla.

Pero a esas alturas ya nada era suficiente. Los corrillos menudeaban, y aunque se discutían los avances, cada vez menos marineros estaban dispuestos a dar su voto de confianza. Además, algunos alimentos empezaron a pudrirse y despedían un olor muy desagradable. Pocas cosas desmoralizan tanto a un marinero como ver tirar comestibles por la borda, y algunos sacos, pese a aparentar mal estado, los almacenaron en la proa, aireados, por si en caso de necesidad se podían aprovechar. Colón había tenido razón al confiarle a Enzo su temor a que se desataran las iras cuando apenas quedasen dos días de travesía. Enzo incluso llegó a pensar, tras sorprender una charla, que algún marinero rencoroso y al servicio de no imaginaba qué potencia extranjera, al convencerse de que podían llegar en unas horas, quería precipitar los acontecimientos.

Había en especial un marinero llamado Mauro, Mauro a secas, de padre español y madre portuguesa, que tenía un cierto poder sobre algunos marineros jóvenes y que había ido desarrollando una progresiva animadversión, casi visceral, frente al almirante. Mauro era respetado porque había sobrevivido a dos naufragios y porque había luchado en una ocasión contra un barco inglés y contra un galeote pirata. Arrastraba levemente la pierna izquierda y vestía una chaqueta con capuz verde que cuidaba con esmero. Mauro recalcaba, a todo el que quisiera escucharle, que nunca había vivido una situación semejante, esto es, una travesía sin destino real, amparada por cuentos de antiguos, leyendas que solo eran leyendas e ilusiones falsas por fantasiosas. Decía, también, que le constaba que los Pinzones estaban decepcionados, y prestos a volver a casa si contaban con los respaldos necesarios.

—Yo solo os digo una cosa, ese hombre ha perdido la razón, y si no nos percatamos es porque hemos dado crédito, demasiado tiempo, a sus historias de magia y revelación. Como sigamos así, moriremos en alta mar, sin saber siquiera dónde estamos.

—Pero ¿y los pájaros?, ¿y las demás señales? —aventuró un marinero que no veía claro el ardor rebelde de Mauro.

—Llevamos demasiados días con ellos, sin que hayan indicado nada— sentenció este. Y se retiró.

Un último gesto convenció a Enzo de la necesidad de hacer algo. Desaparecieron tres porras de madera que adornaban la parte de delante de la proa, y que, además de su condición de armas, contribuían al elemento suntuario del barco.

—Es muy sencillo, señor —dijo a Colón—, son armas.

—¿Queréis que las busquemos, Enzo? —preguntó Colón, poco decidido.

—Si son listos estarán escondidas en algún lugar que no las asocie con quien las robó, y de todos modos, incrementará la tensión investigar e identificar a los culpables.

—Tenéis razón. La solución es otra.

Colón mandó reunir a toda la tripulación, a una hora poco habitual, desde luego no la de liturgia.

—Os he convocado —dijo— porque sé de vuestro descontento. Soy vuestro capitán, y por eso no puedo tolerar que perdáis la batalla al mar, sin cumplir el objetivo que nos encomendó su majestad la reina y que ya está a punto de integrar la historia. Fuisteis escogidos por vuestra pericia en la mar y vuestra honradez y fidelidad a la corona. No podéis ahora defraudar vuestro nombre y el de vuestros hijos.

—Señor —respondió uno de los marineros más viejos, y, paradójicamente, de los más fieles—, no podemos vivir gestas sobrenaturales que desafían a Dios, no podemos creer en reinos que no existen, ni en continentes que solo aparecen en libros de caballerías.

Otros marineros le secundaron. Y el rumor era constante entre los hombres hacinados en la cubierta. Un rumor hostil, pronto a la violencia.

Pero Colón parecía ajeno a aquella situación. No quiso imponerse a los ruidos, y esperó, displicentemente apoyado en el ancla. Solo, en un momento dado, le preguntó a Enzo, sin levantar la voz, pero seguro de que los marineros más cercanos le oirían.

—¿Creéis, querido Enzo, que deberíamos apostar algún grumete en la verga del trinquete, para tener más vigías?

Y Enzo se maravilló de cómo parecía inmune al descontento, de la incombustible seguridad que irradiaba. Se paseó entre las dos primeras hileras de hombres, sintiendo el afecto de unos y la animadversión de otros, les pidió, a todos, que dejaran de hablar para escuchar al almirante. Finalmente, los hombres se concentraron en mirarle.

—¿Conocéis el pez verde? —preguntó Colón.

Negaron con la cabeza. Alguno gritó un no profundo, una declaración de fuerza.

—Podríais conocerlo si os centrarais en el agua. Es un pez que se entierra por la noche a dormir, que no se aleja demasiado de las rocas. Algunos son naranjas, con rayas fuertes verdes. Es un pcz que llama la atención, poderosamente, porque además tiene mucha resistencia. Pues bien, el pez verde lleva dos días escoltándonos.

Hizo una pausa, se inclinó y recogió algo que tenía a sus pies. Lo alzó y lo mostró a los hombres.

—¿Y qué es esto? —preguntó.

Un silencio, todavía hostil, fue la respuesta, aunque también oyeron pequeños murmullos de los grumetes que se lo decían entre ellos.

—Es una rama de espino con sus bayas coloradas, la han arrancado hace muy poco del árbol, todavía la savia está pegajosa, quizá por la fuerza del agua marina.

Luego se inclinó y se la pasó al hombre que tenía más cerca.

—Pásala entre tus compañeros, yo no miento.

Volvió a inclinarse, aunque antes hizo una señal a Enzo, que se había apoyado en uno de los mástiles, tras su paseo entre la tripulación, porque quería controlar las porras, en caso necesario.

—Enzo, acércate, quiero que veas este palo.

Descubrió un palo labrado, parecía que artificialmente.

—También lo ha traído el mar —dijo. Y luego se retiró a su cabina, dejándolos consternados, porque no era hombre falto de palabras. Aquella desaparición fue interpretada por algunos, gracias a las suaves sugerencias de Enzo y de otro de los oficiales, como la necesidad de Colón de contrastar todas las informaciones de que disponían y de pensar ahora en lo que debcrían hacer cuando llegasen. El hombre capaz de dedicar todo su tiempo a su tripulación. Enzo aprovechó que el grumete cantaba la hora con el cambio de la ampolleta para dispersarlos.

Colón reapareció tras la *Salve*, cuando anocheció. Aquel día, en la frugal cena habían añadido unas raciones escasas de miel, y un culo de vaso de vino. Parecía iluminado. Rechazó la rama de espino que le devolvía uno de los marineros, y se empinó sobre una caja. Hizo un gesto impaciente a los hombres y les dijo que quería hablarles, quizá por última vez antes de tocar tierra. Se había puesto su capa de terciopelo, no por frío, pues la noche era amable, sino como una señal de dignidad.

—Os lo he dicho hace un rato que sabía de vuestro descontento, y ahora, que he contrastado diversas informaciones y mapas, quiero afirmar que estamos a punto de divisar tierra. Ni siquiera los peores dioses de la falsa religión romana serían tan crueles de confundirnos con signos evidentes. Dios nos está dando señales con su infinita misericordia, y debemos estar a la altura. Los demás capitanes opinan como yo, y sé que algunos desconfiáis del buen tiempo, cuando debería reconfortarnos, porque en nuestra travesía el peor enemigo son los vientos o las tormentas cuyas dimensiones, en estas latitudes, ignoramos. Os pido solo setenta y dos horas más, y solo entonces, si todavía no hubiéramos avistado la tierra de promisión, podría mudar mi criterio. Pero hoy contestar lo evidente es ofender a Dios. —Hizo una pausa, larga, porque miraba a sus hombres uno a uno, cada uno de ellos sentía cómo, por unos instantes, la mirada del almirante se posaba en sus ojos, y sentía frío—. Esta noche habrá un centinela en el castillo de proa, que irá cambiando cada tres horas. El que aviste tierra, además de la recompensa de sus majestades, tendrá un justillo de terciopelo del color de su elección. Yo mismo subiré a cubierta varias veces, y contaréis con la presencia, también, de Enzo. Vamos a culminar un viaje heroico, de setecientas leguas, para mayor gloria de España y de la reina Isabel y vuestro nombre quedará en la piedra de las iglesias del nuevo mundo.

Se fueron a dormir, aunque muchos entraron en un duermevela expectante. Enzo hizo cabezadas leves y recorrió la cubierta varias veces durante la noche. Sentía calambres, que atribuyó, lúcido, al cansancio, pero sabía que no podía prestar atención a su cuerpo. Él también estaba, como Colón, asustado ante la posibilidad de que, a apenas unas horas de triunfar, la tripulación se desdijese. Y su zozobra era mucho más amarga, porque Colón, como los hombres que se sentían elegidos, estaba convencido, pese a todo, de poder sortear el peligro, en tanto que Enzo, como los italianos eruditos, temía sin nombrarlo que un Dios desapegado los dejara en el mar, como una broma terrible nacida de su aburrimiento ante la miseria de los seres humanos.

El 11 de octubre, la brisa ayudó a avanzar más rápido, e incluso una mar de oleaje juguetón despejó el malhumor de las tripulaciones. No vieron pájaros, pero el agua estaba llena de briznas verdes, de tonalidades diversas, y el sol que se filtraba dejaba motas plateadas alrededor, alegrando la vista. Como casi siempre, la *Pinta* abría las olas, y la seguían orgullosas la *Niña* y la *Santa María*. Al amparo de esa brisa y de su cadencia, las tripulaciones se sintieron especialmente animosas, y se gritaban entre las embarcaciones, sin entender ningún mensaje, pero disfrutando del eco de las risas. Era como si después del desafío, de las protestas, fuera necesario reencontrar una alegría de potrillos, de hombres sanos que sudaban al prudente sol. Los oficiales dejaron hacer. Los vigías, aunque concentrados en la búsqueda de signos terrestres, tenían tiempo de ver las acrobacias de los marineros en las otras cubiertas, y de remedar algún rasgo desde su escenario privilegiado. Se mascaba la impaciencia, pero sin rencores ni desconfianzas. Nadie se animó a nadar, y no por las olillas, que eran vencibles, sino por temor a perderse algo en el momento más inoportuno. Debían estar juntos cuando llegara el acontecimiento.

El buen humor se prolongó durante toda la noche, y pocos durmieron, porque una mayoría volvió a presentir que a poco llegarían a tierra. Cuando oscureció, Colón se instaló en el castillo de proa, como si también quisiera entrar en vigilia. A eso de las diez, creyó ver una luz lejana, y le pareció que por fin se consolidaban sus deseos. Pero cauto, porque no podía precipitarse, llamó a Pedro Gutiérrez, que era caballero de cámara del rey, y le preguntó si la veía. Pedro asintió, pero Colón no estaba seguro, quizá fue el momento del viaje en que se mostró más inseguro, más débil. De modo que llamó a Rodrigo Sánchez de Segovia, y le preguntó si la veía. Y de nuevo la desilusión, porque Rodrigo Sánchez no vio nada. Sin embargo, permaneció al lado de Colón, porque intuyó que estaban en puertas. Al poco se les unió Enzo.

—Señores —dijo—, hay algo en la oscuridad del cielo que vaticina novedades, lo presiento.

—Yo preferiría rezar —contestó Sánchez— porque juro por Nuestra Señora que ha de surgir algo.

Pero juntos los cuatro en proa vieron de nuevo la luz, como la antorcha de una barca pescadora, o como la tea de un hombre en una orilla, llamándoles. Era débil, pero Colón la tuvo por real, y les instó, parco en palabras, a que esperaran.

Cuando acababan de dar las dos de la madrugada, el marinero Rodrigo de Triana, encaramado en su puesto de vigía, con el corazón que casi no le dejaba respirar de lo acelerado que latía, gritó «Tierra a la vista». Él fue, por tanto, el primero en avistar el continente, aunque todos explicaban que el primero había sido el propio Colón, gratificado con aquella luz que tenía mucho de señal de Dios. Así lo creyeron entonces los marineros, y así correría, a su vuelta, por los más importantes puertos del norte y del sur de Europa.

Pero decir tierra lo decía todo y no decía nada, porque abría la puerta a nuevos interrogantes.

13

El descubrimiento

Una luz poderosa y otoñal inundaba la tierra. «Nunca —dijo el Almirante a Enzo— he visto un amanecer tan imponente y grandioso.» Desde ese momento la palabra maravilloso ya no se separaría de sus labios. Todo cuanto se ofrezca a su vista merecerá ese adjetivo u otro de similar significado. La zozobra se convierte en entusiasmo conforme las canoas avanzan hacia la playa. La tripulación, la misma que solo dos días antes tratara de amotinarse, avanzaba ahora jubilosa y feliz hacia tierra.

Colón se vistió con sus mejores galas, como hicieron los españoles todos a bordo de las naves. Extrajo con mimo de un enorme baúl la bandera real y la montó en asta. Después repitió los mismos movimientos con la precisión de un mimo. Primero una bandera de raso verde con una corona bordada y una F que la remata. Después sacó otra idéntica a la anterior, pero esta con una Y. Justo en el momento de terminar con estos menesteres vieron que muchas gentes les observaban desde la playa.

—¡Pero si van desnudos...! —exclamó el Almirante—, y fijaos, son todos mancebos. Y de estatura considerable. Casi todos más altos que vosotros, Pinzones —bromeó el Almirante, que no perdonaba sus críticas...

—¿Sabe dónde estamos, Almirante? —preguntó risueño Martín Pinzón.

—Lo importante ahora no es dónde estamos, que eso ya lo veremos enseguida. Lo importante, Pinzón, es que hemos llegado.

Y ya están en tierra, donde crecen árboles de una traza desconocida, salvo unas palmeras que en algo se asemejan a las de África. Enseguida inician la extraña liturgia que exigen las formalidades de la toma de posesión. Enzo mira aquel espectáculo y se pregunta si será mayor la sorpresa e incredulidad que tengan aquellos supuestos indios o la suya propia. Más próximas le parecen a Enzo aquellas escenas a un carnaval veneciano que al desembarco en una isla. «Tachan a los chinos de ceremoniosos y maniáticos de antiguos rituales, pero sinceramente no comprendo qué pretende esta buena gente con toda esta representación que con tanta seriedad y diligencia practican.»

Enzo se regocijaba con la imagen de la marinería en aquel escenario. Temerosos de enfrentarse a guerreros despiadados llegaron a tierra bien pertrechados de corazas, cotas y cascos guerreros con las armas en alto. El temor ante la posible hostilidad de unos nativos que casi en cueros no portaban ningún tipo de armas resultaba ridículo, por no decir vergonzoso. No se resistió Enzo a hacerle al Almirante un comentario. Sonriente y jocoso le dijo:

—Ya veis que no andaba equivocado cuando os anunciaba que no eran las gentes de estos parajes belicosas ni violentas. No son armas con lo que nos toca lidiar sino con estas lindas mozas que andan casi en cueros y con sus tetas hermosas al desgaire.

—He de reconocer que a mí se me van tras ellas los ojos igualmente, tanto como se les van a los marineros.

Y les dice entonces a todos Colón que dejen ya de fatigar con la mirada a aquellas muchachas.

Una vez terminado el curioso espectáculo de la llamada toma de posesión, se inició el intercambio de regalos que hacían hospitalarios, unos, y solícitos, los otros. Las más variadas cosas traen aquellas gentes. Abundaban los papagayos verdes o de variadas tonalidades iridiscentes que acaso no hablaban por asustados, y también un fino hilo de algodón en ovillos. Y todo lo cambiaban por cuentecillas de vidrio, cascabeles —que se arrimaban a las orejas divertidos, para hacerlos sonar mejor—, sortijas de latón, cosas que no valían un céntimo como los muchos bonetes colorados que el Almirante no se había cansado de repetir que compraran en mercadillos y bazares de Sevilla, pensando que las telas y ropas coloradas tienen siempre, por vistosas, buena acogida.

Alguien insinuó que aquella desnudez no podía ser muestra de otra cosa que de miseria y que bien ingenuos eran si pensaban que sacarían otra cosa de aquella isla más que uno de esos grandes loros dispuestos a dejar blanca la cubierta de los buques. Colón, primero furioso y después tratando de mostrarse didáctico, insistió en que de ningún modo era aquello señal de miseria y aun menos de descaro sino, bien al contrario, muestra de su bondad natural.

—Todo esto da fe de que son criaturas inocentes y pacíficas, no corrompidas por la ambición material. De hecho, más bien tendríamos que pensar que los ennoblece la pobreza. Ya dijo Nuestro Señor que de los pobres será el Reino de los Cielos.

»Veo además —prosiguió Colón— que tienen una inclinación religiosa espontánea, no desviada hacia ninguna de las corrientes desnaturalizadas por la idolatría. Deberían tomar a estos indios por ejemplo muchos de aquellos que presumen de buenos cristianos.

Enzo sabía que en aquellos tiempos la desnudez era una prueba del tipo de inocencia bucólica que los poetas antiguos asociaban con la «edad de oro». Entiende, asimismo, que para los franciscanos, de quienes Colón había recibido las influencias religiosas más marcadas, la desnudez era un signo de la dependencia de Dios: era el estado en el cual san Francisco había proclamado su vocación.

Colón insiste igualmente en que su falta de experiencia en el comercio ofrece testimonio de que no están corrompidos por la codicia. El hecho de que no lleven armas y su ignorancia del arte de la guerra muestran su ingenuidad y les hace presa fácil para cualquiera que quiera someterlos o conquistarlos. Eran mansos, inermes, y parecían dispuestos a ser servidores obedientes y humildes —ni negros, ni blancos, sino más bien del color de los canarios, los cabellos no crespos, sino corridos y gruesos como sedas de caballos.

Enzo tenía, ante este discurso, una vez más la sensación de que era el Almirante un hombre civilizado. Le parecía que, a pesar de las pintorescas escenas de la toma de posesión, era Colón respetuoso con los indígenas y estaba dispuesto a entenderse pacíficamente con ellos una vez comprobado que ni andaban armados ni parecían ser de natural violento.

Pero no tardaría ni dos días Enzo en verse decepcionado por los acontecimientos: Colón mandó tomar prisioneros a siete de esos hombres que a trallazos metieron en los buques, sin reparar en sus gritos y lamentos, ni hacer caso alguno de las protestas o el desconsuelo de sus allegados.

No pudo por tanto evitar Enzo recriminarle con firmeza su conducta. Se excusó Colón sin ganas, aferrándose a la idea de que no les hacía prisioneros. Dijo a Enzo que al no ocurrírsele la manera de pedirles que le acompañaran, le pareció que llevarlos entre obligados y engañados era la única forma de conseguir que les acompañasen y recalcó, asimismo, que, temerosos de que se les impidiera regresar con los suyos, serían más sinceros y mostrarían una mayor disposición en dar las explicaciones pertinentes según era su interés.

Enzo no quedó muy convencido pero pensó que tampoco era tan grave si finalmente cumplía sin excesiva demora su promesa de liberarlos. Negó Colón que tuviese intenciones de llevarlos a España para mostrarlos en la Corte, y aseguró que los devolvería a tierra, con muy buenos regalos, en cuanto hallase alguna cantidad importante de oro.

Los días siguientes hasta el 23 de octubre, los dedicaron a navegar a cabotaje por aquellas islas. Colón las bautiza con los nombres que corresponden. A la primera llamó San Salvador y Santa María de la Concepción a la segunda. Luego tocaba bautizar a las siguientes con el nombre de los reyes. Y así llamó a una Fernandina y a la otra Isabela.

Por la belleza de todas las islas que encuentran a su paso se muestra feliz el Almirante. Todas le parecen muy verdes y muy fértiles, y el aire limpísimo, siempre bajo un cielo azul y luminoso, con peñas en la costa de color oscuro más cerca del gris que del marrón. Todas ellas rodeadas de un mar tan transparente y cristalino que deja ver el fondo a través de sus aguas.

—Fijaos, Enzo, lo muy distintos que son aquí los peces de los propios de nuestro mar. Esos, mira, esos que parecen gallos. Todos son distintos, de infinitos colores y formas. Azules, amarillos, colorados. Unos de un solo color y otros con rayas, de varios tamaños.

«Es esta la tierra más hermosa que jamás hayan podido ver mis ojos», dice una vez tras otra. Todo le parece maravilloso, no encuentra las palabras para explicar lo que ve y le sobran las que trae. Cuando con mayor empeño intenta relatar lo que contempla, más extraño parece lo que dice hasta el punto de que se diría que solo existe en su imaginación. Enzo le escucha siempre con interés, porque enriquece su propia percepción. En ocasiones Colón se refugia en vagas descripciones o en comparaciones que parecen hechas a boleo, como si necesitara explayarse, más que ser preciso. Dice que las montañitas azules que se divisan a lo lejos son como las de Sicilia, aunque en nada se parezcan. Dice que la hierba es tan alta como en Andalucía en abril o mayo, aunque nada en aquellos parajes se asemeje a nada andaluz. Dice que cantan ruiseñores donde silban unos pajaritos grises, de pico largo y negro. Dice que encontró «unas hojas que deben ser muy preciadas por los indios», sin comprender, aún, cuál era su uso.

Enzo empieza a percatarse de que a Colón su fantasía le hace inventarse cosas que en realidad no existen. Pero deduce que trata de adecuar lo que encuentra con aquello que espera encontrar, como recuerda que aparecía en los libros consultados o porque así conviene a sus propósitos. La providencia, el destino o la suerte conspiran con su deseo para alimentar su fantasía. Ya es poca fortuna —piensa Enzo— que hayan topado con ese continente desconocido para el Almirante, precisamente en el único lugar donde se encuentra un collar de islas, que tan fácilmente pueden confundirle y hacerle creer que son las mismas que, según ha leído en Marco Polo, rodean a Cipango. Y darse cuenta de su cercanía a lo que no puede ser más que un continente sirve para confirmarle que ha llegado a India. Intenta a toda costa el Almirante que la realidad se adecue a la topología de su sueño y muchas veces encuentra motivos para ello. Así son las señales de astutas y puñeteras —piensa Enzo— y disfrutan haciéndonos creer que significan aquello que nosotros querríamos. Y es que los hombres siempre estamos propensos a ver fuera aquello que llevamos dentro.

Colón actúa como aquellos enamorados que entienden incluso en el mayor desdén prueba de ser correspondidos. Cualquier cosa es una señal que alienta su esperanza, una huella indiscutible de aquello que busca. Pero al seguirlas se encuentra de nuevo perdido en un sueño convertido en interminable vigilia. Un sueño que bien puede terminar en pesadilla si finalmente no aparece el Gran Khan, o aquellas playas en que el oro es tan abundante que solo hay que cogerlo.

La primera pieza grande de oro que llegó a sus manos, el 17 de octubre, se convirtió en una muestra de la moneda acuñada por un gran príncipe. Y así se piensa el Almirante que a la tierra del Gran Khan aquellas gentes la llaman Kavila.

Se muestra impaciente por ir en busca de oro.

—Les damos todas esas baratijas para que se den cuenta de que somos pacíficos. Pero no acepten ustedes nada de ellos... Que desde el primer momento puedan darse cuenta de que lo que nos interesa es el oro. Todo lo demás que se lo regalen a Satanás.

Esa palabra, «oro», sería la que más veces escuchara Enzo de labios del Almirante. En el día mismo que sigue al descubrimiento, el 13 de octubre de 1492, ya anota en su diario: «No me quiero detener por calar y andar muchas islas para hallar oro.»

En cada una de las islas que salen a su paso el Almirante busca a quién preguntarle dónde está el oro. Obstinado, atropella con gestos y preguntas a quien encuentra. Sacudidos, zarandeados por su apremio, le dan a entender que en esta dirección o en aquella hay un rey que tiene enormes vasos llenos de oro, o le dicen que donde el oro es abundante es en una isla que llaman Babeque o que se dirija hacia aquí o acullá, que entonces podrá encontrar tierras llenas de oro o con más oro que tierra.

Tratan de explicarse los indios con gestos que, por su ambigüedad, admiten interpretaciones muy diversas que el Almirante entiende siempre como mejor le parece, según le conviene para mantener sus esperanzas y propósitos. Estos gestos suelen verse acompañados de frases que es difícil, por no decir imposible, saber qué significan. El Almirante asegura que entiende los gestos y las palabras, pero más bien parece que su imaginación refuerza su anhelo o el interés de los intérpretes en no contrariarle les impulsa a traducir no lo que les dicen, sino lo que piensan que el Almirante espera escuchar.

Un detalle convence a Enzo de estar en lo cierto. Dudaba de que si él no entendía nada de aquella lengua que hablaban los nativos, pudiera entenderla Colón por más poderosa que pudiera ser su intuición. Así va errando Colón, de isla en isla, pues es posible que en eso hayan encontrado los indios una forma de deshacerse de él. Las indicaciones, reales o inventadas, que los lugareños le hacen para encontrar el ansiado metal dirigen su ruta. Pero siempre señalan hacia otra parte, convencidos, firmes, impasibles.

No termina de convencerle a Enzo la idea de que sea la codicia aquello que guía la conducta de Colón: de hecho, está convencido de que si al Almirante le importa la riqueza, es porque significa el reconocimiento de su papel de descubridor.

—Nuestro Señor bien sabe que todas estas fatigas no las soporto por hallar tesoros para mí.

—Entonces por qué tenéis con el oro tan desmedida obsesión.

—¿Por qué creéis, buen Enzo, que está aquí toda esta gente? Los Pinzones, por ejemplo, ¿creéis que vinieron aquí por el gusto de aventuras? ¿Que se aburrían en sus casas y anhelaban sentir de nuevo la caricia de las brisas y el olor a sal? Bien os puedo asegurar yo que no, que si lo hicieron es porque esperan que el resultado de esta expedición aumente su fortuna.

—¿Pero vos les debéis algo? ¿Os dieron ellos parte del dinero de este viaje?

—Ni un ochavo me dieron, no quiero mentiros dado que os tengo confianza. Pero he dicho los Pinzones para poneros un ejemplo. Con el millón de maravedíes que puso el racionero de Aragón no era suficiente. Tuve pues que esforzarme en convencer a otros de que completaran el desembolso necesario para el viaje. De no haberlo conseguido, por mor únicamente del reino de Castilla no estábamos aquí hoy ni vos ni yo.

—Y ¿quién más os ayudó?, dejadme preguntar ya que decís me hacéis confianza y no deseáis mentirme.

—Tuve que juntar diversas aportaciones. Una de ellas fue precisamente de un florentín como vos.

—¿De quién se trata?

—¿Me lo preguntáis? —rio el almirante—. Pensé que lo sabíais. Una parte la pusieron dos mercaderes florentinos llamados Marchone y Berardi, afincados en Sevilla para comerciar con esclavos. Los conocí a través de un marino también florentín y de familia acaudalada, según creo, que se llama Américo Vespucio.

—A Vespucio sí que le conozco.

—Así pues, yo respondí por ese dinero recibido y aseguré a todos que a bien seguro que no se arrepentirían y que lo darían más que por bien empleado cuando se vieran recompensados por los beneficios que sin duda iba a reportar el viaje. No es tanto, pues, la avaricia por enriquecerme cuanto la necesidad de poder devolver el dinero que recibí fiado lo que hace que me obsesione con el oro.

Si la obsesión del Almirante por el oro era grande, su empeño en encontrar al Gran Khan y llegar a Cipango y a Catay no lo era menos. Tan insistente era en sus preguntas en relación al áureo metal como en informarse si conocían al Gran Khan o sabían su paradero. Nadie le sabía dar razón aunque de nuevo las circunstancias le ayudaban a mantener y aun avivar sus esperanzas de encontrarle.

El 28 de octubre, sus ojos descubrieron Cuba. Ancló en la ensenada de un plácido río, libre de rocas y bancos, de aguas limpias y transparentes, con las márgenes dibujadas por los frondosos árboles. Tomó posesión de la isla, a la que puso el nombre de Juana, en honor del príncipe Juan. Para el río escogió el nombre de S. Salvador.

A su encuentro habían salido dos canoas con indios, pero al ver los botes de los españoles, que se acercaban a sondear el río para ver si podían fondear sin sobresaltos, huyeron amedrentados. Luego los expedicionarios encontrarían dos chozas abandonadas, con pocos efectos: redes hechas de hebras de palma, anzuelos, arpones de hueso y otros instrumentos de pesca, también un perro de los que habían visto en las otras islas, que nunca ladran. Colón se limitó a observar detenidamente objetos y utensilios, y ordenó que nada se tocase, contentándose con imaginar el modo de vivir de sus habitantes.

El 21 de noviembre consigue finalmente abandonar Cuba y se dirige inicialmente hacia Babeque, en donde le habían asegurado que iba a encontrar oro. Las corrientes no fueron aquel día favorables sin embargo para llegar a esta isla. Colón, obsesionado por la idea de dirigirse hacia una isla grande, decide singlar hacia la magnífica tierra de Haití a la que por hermosa, según dijo, puso Colón el nombre de La Española.

El equívoco continúa y alcanza tintes de farsa de enredo que provocan en Enzo una hilaridad tal que tiene que esforzarse para disimular sus risas con extraños fingimientos. En uno de sus enconados interrogatorios a los indígenas, con extrema seriedad, dice el Almirante a aquellas gentes entre gritos y ademanes:

—¡Cipango, Cipango!

Y los lugareños al unísono contestan:

—¡Cibao, Cibao!

Y así continúan.

—¿Cipango? —pregunta el Almirante.

—¡Cibao! —le contestan.

De Cibao a Cipango tampoco hay tan gran diferencia —piensa Colón—, y saca en claro que Cibao es el nombre que aquellos indios utilizan para referirse a Cipango (Japón). Una nueva y esperanzadora pista para creerse que está cerca de alcanzar su meta.

En realidad, lo que le indican los nativos es que en

Cibao, al norte de la isla, es donde puede encontrar oro. Este nuevo desengaño, la realidad de la geografía y de los naturales de todas aquellas islas, así como la ausencia de cualquier rastro tangible del Gran Khan, le obligaron a asumir que lo que tenía delante era la realidad de la zona y de sus hombres y a reconocer que se le alejaba el éxito que creía haber alcanzado el 12 de octubre, complicándosele aún más las cosas por la deserción de la *Pinta* y por el transcurrir del tiempo.

Nada parece confirmar sus expectativas, ninguna de las gentes con las que habla conocen al Gran Khan, ni tienen siquiera noticia de su existencia, tampoco le hablan del preste Juan. Las islas que salen a su paso no parecen destacar por ser abundantes en oro ni ricas en especiería. La Española es otra isla extensa, con montañas y ríos caudalosos, que, a semejanza de la Juana, estaba igualmente habitada por gentes como las hasta entonces halladas, las cuales tampoco sabían nada del Gran Khan, del Catay o del Cipango. Aquel ámbito era, pues, desesperadamente uniforme.

Finalmente parece el Almirante entrar en razón. Se acerca a Enzo, cabizbajo y aturdido, y le dice:

—Aunque no termino de digerir la idea, me parece que no me queda otra que daros la razón. Esto no es Catay ni Cipango, ni ninguno de los caciques que hasta ahora hemos podido encontrar tiene pinta de ser el Gran

Khan. Es cierto que encuentro reyes. Estos reyes que aquí llaman caciques. Pero van en cueros. ¡Quién puede imaginar que sean ni tan siquiera representantes de la última y más misérrima provincia del Gran Khan!

—Os puedo asegurar que no lo son —contestó Enzo—. Ya os he dicho y repetido, pero no habéis querido creerme, que el mundo es mucho más grande de lo que creéis y que estamos en un continente que no es Asia. Estos nativos son muy parecidos a los que encontramos con Zheng He y este es el continente que bordeamos para regresar a China o a Catay, como más os agrade.

—Esto es un desastre. No solo no he cumplido mi propósito de encontrar una nueva ruta hacia las Indias sino que además tampoco parece que exista abundancia de oro en estos hermosos parajes.

Enzo insistía en que su logro era algo mucho más importante pues había conseguido lo que antes ningún europeo lograra: descubrir un continente.

Colón mostró en su semblante una actitud más cercana y amistosa hacia Enzo. Parecía incluso emocionado y agradecido.

—Tengo que daros las gracias porque me habéis sido de gran ayuda con todo lo que me habéis dicho. Gracias a ello me he dado cuenta de mi error. He pensado que lo más provechoso de este viaje es que dado el carácter pacífico de esta buena gente, unido a la escasa importancia de sus armas, no será nada difícil que acepten de buen grado y sin oponer resistencia someterse a la reina de Castilla y convertirse al cristianismo. Por lo visto hasta ahora son muy pacíficos y no dudan en santiguarse si así se lo indicamos.

Enzo le interrumpió.

—No entiendo por qué creéis necesario tratar de imponer las creencias religiosas propias a personas que no las comparten, en vez de mostrar respeto e intentar averiguar cuáles son las deidades y cultos a que estas gentes rinden tributo y entablar con ellos una relación cordial. ¿Qué os hace pensar que esta gente se avendrá a aceptar una religión que no conoce y abandonará sus propios cultos?

—Reconozco que tal vez estéis en lo cierto pero no veo prudente regresar con las manos vacías.

Y entonces repite el Almirante su preocupación por regresar con las manos vacías.

—No sé si me entendéis. ¿Creéis que los monarcas que aquí me enviaron lo hicieron para que disfrutara de la belleza de estos paisajes o por el gusto de oírme referir las exóticas costumbres de los lugareños? Nada de todo esto le importa a la reina de Castilla y aun menos al rey de Aragón. Si vine aquí fue tras prometerles que en estas tierras era tan abundante el oro que nunca después de mi regreso tendrían sus haciendas problema alguno. ¿Creéis que les interesa a qué extrañas estantiguas dirigen sus plegarias estos infelices? Lo único que esperan es que estos indios se sometan y reconozcan ser sus súbditos y se conviertan al cristianismo, pues con eso podrán aumentar su poder e influencia y congraciarse con el papa.

Tras una pausa prosiguió:

—Leísteis las encomiendas que con los monarcas firmé en Santa Fe. Si las leísteis sabréis que me comprometí a que todo lo que aquí se encontrara fuera convertido en legítimo dominio del reino de Castilla y convertir al cristianismo a estos indios. Y tengo claro asimismo que si no lo consigo yo por las buenas, aunque sea con engaños o veladas amenazas, otros lo harán por las armas y a poco que las cosas pinten bravas con violencia y abundante derramamiento de sangre. Y siendo así que estoy de esto seguro, por la Santísima Trinidad os aseguro que prefiero hacerlo yo a que lo hagan otros con menos escrúpulos y mayor crueldad.

—No había reparado en la letra pequeña que se asocia a vuestra expedición. Me temo que por desgracia no os falta razón en lo que decís.

—Pues si me entendéis ayudadme a conseguir mi propósito en lugar de mirarme con desaprobación o tenerme por loco e iluminado. Que de ambas cosas puedo tener un poco, pero también igualmente tengo gran experiencia de que a veces hay que hacer de la necesidad virtud o pensar que aquello que hacemos, no sin cierta repugnancia, no debe ser juzgado moralmente negativo cuando lo que se intenta es que del mal el menos.

Su rostro se iluminó de pronto.

—Dado que ya tengo muchas dudas de encontrar en estas tierra oro en cantidades suficientes, ni tampoco veo que vaya a poder verle la cara al dichoso Gran Khan... lo único que se me ocurre para salvar mi honor es conseguir que estas tierras queden adscritas a la Corona de Castilla.

—¿Y cómo pensáis proceder para conseguir tal cosa?

—La única forma me parece que es negociar con estos reyezuelos que aquí llaman caciques para que acepten de buen grado y por escrito sumisión a la Corona y convertirse al cristianismo.

—Algo así como eso que llaman ustedes «Toma de posesión» y que ellos no parecen tomarse muy en serio.

Se lleva las manos a la cabeza, y continúa:

—Ya entiendo que todo esto os parece una comedia. ¿Creéis que no me doy cuenta de que nadie parece hacer gran caso de nuestras ceremonias, actas y proclamas?

—Debo reconocer, Almirante, que así es. Parecen decirse, unos a otros, y a veces con alguna enojosa risa: «Que sí, que sí; que por nosotros no importa. ¡Sigan, sigan!»

El Almirante pareció finalmente relajarse y aceptar sin aspavientos cuanto Enzo le decía. Aquella noche,

Enzo decidió arriesgarse y preguntarle por su relación con Simonetta.

El Almirante se sinceró.

—He de confesar que fue en Génova donde un día descubrí que el amor es como una luz eterna encerrada en un instante, y que ese amor está vivo en un cuerpo solo y desnudo fuera del mundo en la duración de un suspiro.

»La imagen de Simonetta se me aparece con la sonrisa que era el puro resplandor de su juventud en la oscuridad de las habitaciones furtivas que cobijan los amores imposibles. Para mí se ha perdido ya aquella ilusión. Nos conocimos de niños, yo me enamoré solo verla, ella no sé por qué lo hizo. Una tarde vestía una túnica más liviana que el aire y empezó el baile de besos y caricias. Jóvenes y jubilosos supimos siempre escabullir el cerco de criados, caballerizos y jardineros. Simonetta podía zafarse de la implacable dueña que la celaba con cien ojos bien abiertos. Siempre nuestra dicha encontraba la hora feliz para entregarse al fuego que une los cuerpos y las almas. Un día llegó la hora triste. Simonetta me miró a los ojos y empezó a llorar con un desconsuelo que parecía no poder encontrar alivio ni destierro. Luego se serenó. Su belleza era más luminosa que nunca aunque entonces su rostro pareció adquirir la severidad de quien a su pesar pronuncia una implacable sentencia.

»"Nunca más volveremos a vernos", me dijo, "nunca serías feliz en una vida doméstica y tranquila. Nunca sentiría a tu lado el consuelo que esta procura. El dolor por verte infeliz inundaría de hiel mi vida y la tuya. Debo dejarte seguir la ruta de tu sueño. No puedo impedirlo y si lo hiciera tú tampoco podrías con el tiempo perdonármelo. Vive, pues, amigo, vive, viaja, haz tus viajes imposibles. Encuentra lo que falta a nuestro mundo, convierte tu vida en una obra maestra. Convierte tu nombre en una leyenda que atraviese el tiempo y el espacio. Que tu gloria sea como nuestro amor, que no exista clepsidra que cuente sus horas, ni brújula que señale el lugar donde se hospeda. Tal vez la leyenda que envuelva nuestro amor, si encontrara en el poeta una canción o en el pincel diestro una figura, irradiara una luz fría y cruel que recuerde a los hombres que la belleza de un amor como el nuestro siempre es un espejismo que nunca deja de aparecer para luego desvanecerse. Promete calmar nuestra sed de eternidad para después convertirse en el espectro más siniestro. Siempre estaremos juntos porque hoy los dos hemos pronunciado las palabras fatales".

»Simonetta habita desde entonces el rincón más secreto y precioso de mi alma.

Estas fueron las palabras exactas del Almirante.

14

El retorno

La actitud de Colón a partir de aquel día tomó un cariz nuevo. Ya no despreciaba a aquellos reyezuelos o caciques, al contrario, quería conocerles, honrarles y hacerles perder el miedo. Así podrá saber de una vez si en esas tierras hay algo de provecho y pedirles que se sometan pacíficamente a la Corona de Castilla para tener algo que ofrecer a los reyes.

Sin embargo, no podía evitar que los indígenas al ver a los españoles huyeran despavoridos. Por fin tres marineros consiguieron atrapar a una mujer, que iba desnuda, lo que preocupó al Almirante, porque la situaba ajena a la civilización, pero llevaba un grueso adorno de oro en la nariz que era una buena señal. Colón ordenó que la cubriesen, y le regaló cuentas, anillos de bronce y cascabeles. Luego la devolvió a tierra, porque así podría dar prueba de la gentileza y las ganas de cooperar de los recién llegados. Efectivamente, la mujer regresó con otros indios y luego pudieron los españoles seguirla a su poblado, que estaba en un hermoso valle, a la orilla de un río. De nuevo, los indígenas, asustados, se refugiaron en los bosques. Los indios que actuaban como intérpretes les siguieron e intentaron tranquilizarles. Les hablaron de la generosidad de aquellos extranjeros, que procuraban obsequios de variada índole. Con encomiable paciencia convencieron a muchos y en poco tiempo llegaron a juntarse hasta dos mil indios, que se acercaban respetuosos a tocar a los españoles, especialmente esa piel con un color desconocido.

No veían entre los indios a la joven que habían capturado y, de pronto, apareció a hombros de los suyos, acompañada del que era o parecía ser su marido, que expresó con gestos vehementes la satisfacción que le producía el trato recibido por la joven en la víspera. Traían como muestra de gratitud frutas muy diversas y deliciosas, pescados y especias; sin olvidar los ya populares loros con sus llamativos plumajes.

Los españoles quedaron muy favorablemente impresionados por la hospitalidad de los nativos, que parecían compartirlo todo y vivir felices. También impresionó a Colón su gentileza y aprovechó para recordar a cuantos quisieron escucharle que la bondad natural de aquellas gentes y la belleza del paisaje parecían entroncar con la vida feliz del paraíso terrenal. Aunque no dejaba de preocuparle que en esa vida idílica, falta de afán de riquezas y del hábito del trabajo, no existieran jerarquías que le permitieran avanzar en su propósito de convertir aquellos indios en súbditos de sus reyes, finalmente los más grandes príncipes del mundo.

Mientras maquina grandes empeños, el Almirante no se da cuenta — al igual que le sucediera en Cuba— de que deja escapar un mercado que tal vez no fuera tan lucrativo como el oro pero de mucho futuro. Obsesionado por sus cosas no repara en aquellos que llevan en la mano unos delgados tizones encendidos por un lado y que chupan por el otro extremo para realizar sahumerios para él incomprensibles. Incapaz de ver aquello que no busca, no sabe de las posibilidades de los tabacos y otras novedades.

Así es la vida, piensa Enzo, la mejor oportunidad se escapa cuando uno tan convencido está de lo que busca que termina por convertirse en una inalcanzable quimera. Ese es seguramente el mayor defecto de Colón: no es que los árboles no le dejen ver el bosque, sino que es el bosque lo que no le deja ver los árboles. Un bosque abigarrado lleno de frases escritas por magos y estrelleros, papas, antiguos viajeros franciscanos y eruditos árabes o judíos. Todo eso, en su cabeza, puede dibujar el mapa de un laberinto más terrible que el de Dédalo en Creta.

A los pocos días, busca el Almirante nueva ocasión para desarrollar su política de alianzas. Y así, el 16 de diciembre mientras costea La Española, ya caída la tarde, ve un hombre que surca los mares en una frágil canoa que maneja con envidiable destreza. Admirado por su valentía, le convence de subir a bordo, y que icen su canoa. Una vez en la nave, le hace regalos mientras le prodiga cumplidos y atenciones. Luego lo devuelve a tierra en un lugar llamado Puerto Paz. Está ya convencido Colón de que es esa la mejor forma de aproximarse a los nativos. Y no le falta razón, pues al rato se reúnen cerca de la nao más de quinientas personas, con sus canoas. Y Colón distingue entre ellos a uno que parece ser el rey de todos ellos.

Ante aquella multitud entusiasta, Colón le susurra a Enzo:

—Nunca pude yo imaginarme que existiesen reyes así, amigo Enzo. Ya veis, van casi desnudos y parece que se han de caer víctimas de la picadura de un mosquito. Se plantea uno quién puede hacerle caso a un rey vestido de esta guisa. Pero esta gente le acata y sigue como si los más lujosos vestidos llevara.

Colón se acercó al cacique de inmediato y le planteó al poco su deseo de que se sujetase a los reyes de Castilla, «los mayores príncipes del mundo». Pero con sus palabras no hizo sino desconcertar al indígena, para quien esos reinos se le antojaban invención de otro mundo. Estaba preocupado por otras cuestiones, ya que tenía, como averiguó Colón, un importante contencioso con los hombres de la isla situada al norte y que Colón había bautizado como La Tortuga al tener una montaña en el centro de gran semejanza con el caparazón de esos quelonios.

En esta disputa vio el Almirante una oportunidad para erigirse en protector. Al amanecer del martes 18 de diciembre mandó que se tiraran muchos tiros de lombardas, según dijo por ser la festividad de Santa María de la O y conmemoración de la Anunciación.

Enzo salió a su encuentro, con un deje de su moderada ironía florentina.

—No pretendáis engañarme. Santa María de la O a vos no sé si os importa mucho pero pondría ahora mismo uno de esos tizones con que estos indios hacen sus sahumerios a que vos no gastáis por la Santa O pólvora en salvas. Porque ni sois insensato, ni loco, ni hasta ahora os he visto gusto especial por el fuego.

—A qué creéis, pues, florentín que hay que achacar estas salvas.

—No menospreciéis mi inteligencia ni queráis ahora que os tome por un ingenuo.

—Tenéis razón. No se hable más ¿Qué os parece la idea?

—Buena... Pero con las ideas buenas hay que andarse con cuidado porque a veces de tan buenas son un arma de doble filo.

Al día siguiente, asombrado aquel cacique por el estruendo dejó su poblado para dirigirse a donde habían recalado los españoles. Al poco, inició un ritual en el que entregó a Colón un cinto y dos planchas de oro.

El Almirante, para corresponder, sacó un excelente de plata y le mostró la imagen de los Reyes Católicos que en una de las caras de tan noble moneda se veían, al tiempo que repetía «que aquellas altezas mandaban y señoreaban todo lo mejor del mundo, y que no había tan grandes príncipes». También le enseñó «las banderas reales y las otras de la Cruz». Dedujo, de las palabras del hombre, que se sometía a la Corona de Castilla mediante el reconocimiento de los reyes y la aceptación de la Cruz.

Fijado el acuerdo, Colón despidió al cacique enviándole a tierra «en la barca, muy honradamente», mientras se disparaban muchos tiros de lombardas en su honor, con lo que se volvía a mostrar el poder de las armas españolas, ahora en apoyo del indígena.

Para conocer la tierra y averiguar sus riquezas, pero especialmente con las miras puestas en conseguir otro pacto como aquel, Colón desembarcó el 20 de diciembre en el Puerto de la Mar de Santo Tomás. A los dos días llegó una gran canoa llena de gente al mando de «un principal criado», enviado por «el señor de aquella tierra que tenía un lugar cerca de allí». Le entregó a Colón el emisario un cinto parecido al que le dieran en Puerto Paz y dijo que venía «a rogar al Almirante que fuese con los navíos a su tierra y le daría cuanto tuviese».

Todo aquello parecía que iba a terminar de la mejor manera, pero cerca del poblado de Guacanagarí, el plan del Almirante se vino abajo, pues en la noche del 24 al 25 de diciembre encalló la nao y tuvo que pedir ayuda al cacique para transportar hombres y pertrechos a tierra. Esa petición demostraba la fragilidad de los barcos, y su propia debilidad lejos de España y le llenó de congoja. Sin embargo, pudo Colón observar el carácter compasivo de los indígenas, que le ayudaron lo mejor que pudieron, conmoviéndose hasta las lágrimas al ver perdido un navío tan hermoso. Todo esto sumió al Almirante en la mayor zozobra que hasta entonces padeciera.

Enzo trataba de consolarle pero con poco éxito. Además, el accidente tuvo lugar el día de Navidad de 1492 a medianoche, hecho que impresionó hondamente a un Colón con raptos místicos. A ratos parecía delirar, y Enzo solo consiguió reconducir la situación instándole a hablar, porque únicamente la conversación, intuyó, podría calmarle. Le preguntó, pues, por el verdadero motivo que le impulsara a tan enconada búsqueda del Gran Khan.

Le contestó Colón que iba a ser sincero.

—Mi principal motivo no es otro que la expansión del cristianismo en nombre de la Santa Trinidad y a su mayor gloria y honra. Yo espero de aquel eterno Dios que me permita de divulgar su santo nombre y evangelio en el universo. Y espero que sea posible recuperar Tierra Santa, y una forma de conseguirlo es unir a nuestra causa como aliado al Gran Khan, pues ha dado muestras de querer establecer relaciones con los cristianos. Vos lo sabéis como yo, hay indicios que se remontan varios siglos atrás.

Enzo se resistía a reconocerlo, pero aquel hombre, Colón, era un cúmulo de contradicciones: tan pronto deseaba oro como reconquistar Jerusalén, sujetar los indios a Castilla, como educarlos. ¡Ahora hablaba de la política del Gran Khan dos siglos antes!

Colón se refería a la misión que dirigiera el monje franciscano, Giovanni di Plano Carpini, tras el Concilio de Lyon en 1245, por las tierras de Mongolia, donde conoció al Gran Khan Goyiik. Luego vendría una segunda, a instancias del papa Inocencio IV, encabezada por monjes dominicos. También en Roma se habían recibido, desde el siglo XIII, enviados del Khan. Los reyes cristianos estaban muy receptivos a esos gestos, dada la existencia de un enemigo más difícil: los musulmanes. Enzo lo sabía, aunque hasta entonces no había pensado que Colón tuviese presentes esos avances.

No podía ignorar estos desvaríos de Colón por más que Enzo quisiera. Ahora sentía como misión la victoria universal del cristianismo y se consideraba un elegido para ello. Hubiera querido ir a las Cruzadas a liberar Jerusalén. Solo que la idea era absurda en su época y además no tenía dinero. ¿Cómo podía realizar semejante sueño, en el siglo XV? Era tan sencillo como el huevo de Colón: no había más que descubrir América para conseguir los fondos necesarios. O más bien, ir a China por el camino occidental directo, puesto que Marco Polo y otros escritores medievales habían afirmado que el oro «nace» ahí en abundancia.

Afortunadamente, la neurosis de Colón duró poco. El 26 de diciembre supieron los súbditos de Guacanagarí que venían «los de Caniba, que ellos llamaban caribes, que los vienen a tomar y traen arcos y flechas» y que eran feroces, incluso amantes de comer carne humana.

Colón vio la ocasión de nivelar la balanza. Le dijo a Guacanagarí «que los reyes de Castilla mandarían destruir a los caribes y que a todos se los mandarían traer con las manos atadas». Pero tal oferta debía demostrarse y el único modo posible de hacerlo era utilizando las armas: se concentró en demostrar, con sus hombres, cuán poderosas podían ser. La demostración de capacidad bélica hizo que los indígenas aceptasen la alianza con los españoles y les entregaron diversos objetos de oro, entre ellos una diadema, o corona, que les parecieron muy valiosos y además daban muestra de que se reconocía su rango y poder entre los suyos. Colón pensó que había recuperado gran parte de su credibilidad ante el cacique y con esa facilidad para urdir y creer sus historias, transmutó su desasosiego en gran ventura.

Además, por primera vez pensó en dejar a algunos de los suyos en ese lugar. La *Pinta* había desaparecido; la nao capitana había varado. No tenía sitio a bordo para repatriar a dos tripulaciones. No le quedaba otro remedio que dejar gente en la isla. Fabuló, para su reposo, que Dios había hecho encallar allí la nao «porque hiciese allí asiento». Construyó un fuerte con la madera del navío siniestrado y dejó en él una guarnición de treinta hombres. Y así nació la primera ciudad cristiana del Nuevo Mundo: Villa de la Navidad.

Colón hizo varios intentos de abandonar la isla, pero los vientos adversos se lo impidieron. Martín Pinzón, en cambio, logró partir por su cuenta y se mantuvo incomunicado del resto de la expedición hasta prácticamente el final del viaje. Por supuesto, Colón sospechaba que su cocapitán le era desleal y buscaba su propio beneficio. Colón partió rumbo al sureste, pero pronto retomó el que sin duda debió ser su plan inicial para su viaje de retorno. Eligió, pues, deliberadamente una latitud mucho más al norte de la que había seguido en su viaje de ida. Esta trayectoria, pensó Enzo, tenía que llevarle a un punto próximo en su latitud a las Azores. Toda esta primera parte del viaje fue de lo más feliz. La gente gozaba de la tranquilidad del mar, y aunque a medida que se adentraban al norte se alejaban de las agradables temperaturas de las Antillas, los marineros tenían ocio suficiente para entregarse a sus sueños de prosperidad. La faena de achicar las carabelas era pesada y exigente, pero no había problema, no había incertidumbres.

El 6 de febrero, los pilotos comenzaron a imaginarse que estaban ya en las Azores. El almirante creía, y con razón, que todavía les faltaba largo trecho. Una semana más tarde, cuando Vicente Yáñez y Roldán creían haber pasado las Azores, les atacó la avanzada de la tormenta que iba a combatirles tan duramente y durante tanto tiempo. Relámpagos constantes, fuerte vendaval. Las dos cáscaras de nuez eran juguete de inmensas olas y en la noche del 14 era el peligro tal que Colón se decidió a entregarse por entero a merced del viento. A juzgar por lo que se divisaba desde la *Niña,* Martín Alonso había tomado idéntico partido. Las dos carabelas se hicieron señales durante toda la noche hasta que la tormenta las separó.

Se sentía angustiado ante la tempestad, y le torturaba la idea de que sus dos hijos quedaran huérfanos, y abandonados por los reyes que, al desaparecer él, no tendrían noticia del gran servicio que les había hecho. Más todavía le atormentaba la idea de que su descubrimiento permaneciera inédito.

Pese a todo, la inquietud no quebró su vitalidad ni el esfuerzo sobrehumano con el que trataba de vencer el cansancio. Del miércoles 13 al domingo 17 no cerró los ojos al sueño. El viernes y el sábado los pasó luchando contra el viento, que repetidamente le impedía acercarse a dos islas que se veían en el horizonte y que creía eran las Azores. Hasta el lunes 18 no consiguió vencer la resistencia de los elementos y fondear en una de ellas. El bajel que envió a preguntar dónde se encontraban volvió con la noticia de que estaban en Santa María, la isla más meridional de las Azores, en los dominios, pues, del rey de Portugal.

En su ansiedad, pues el tiempo seguía obstinadamente malo y el mar no le daba descanso, pensaba con dolor en el tiempo que había gozado en las Indias. Para desespero de Enzo, testigo privilegiado de sus cuitas, imaginaba que había descubierto el paraíso, y añoraba los días pasados mientras negaba el presente. Quizá necesitaba esas digresiones para acallar la realidad: porque ¿cómo iba a presentarse ante los reyes un almirante mayor del mar Océano trayendo solo la más chica de las tres carabelas que se le habían confiado y veinte de los ciento veinte hombres que con él se hicieran a la mar?

No tuvieron día de descanso en toda la travesía. El domingo 3 de marzo, el viento les rompió las velas. Volvió a reunir a la tripulación y a echar suertes para que un romero fuese en camisa a Santa María de la Cinta, en Huelva, y otra vez el Señor volvió a elegirle a él para el sacrificio. Toda la tripulación hizo voto de que el primer sábado después de tocar tierra guardarían un ayuno de pan y agua.

Al alba del lunes 4 de marzo, reconocieron la Roca de Cintra. Colón determinó entrar en la bahía del Tajo para buscar refugio y descanso. El viento los llevó hasta Cascaes; Colón fue a surgir más arriba, hacia Lisboa, mientras toda la villa venía a verlos maravillados de cómo habían escapado a una tempestad que hacía días desolaba a toda Europa occidental, tragando numerosas naves.

Colón se daba perfecta cuenta de dónde estaba. Siete años antes había salido huido de Portugal porque el rey Don Juan no había querido escucharle y se había llevado copia de los documentos de Toscanelli, que para la Corona portuguesa eran estrictamente secretos; sabía que la palabra «Indias» se había proscripto cuidadosamente de sus cartas credenciales precisamente para no provocar las sospechas del rey de Portugal. La situación era difícil.

Era menester improvisar una táctica hábil, pues la tormenta que le había arrastrado a las costas de Portugal no le había dado lugar para tales meditaciones. No le quedaba más que una actitud: impresionar al portugués con un alarde de grandeza. Al fin y al cabo era en efecto grande, tenía un mundo nuevo «en el arca» de su carabela. No le faltaba derecho ni poder para impresionar al rey y tenerle a distancia.

Su locura no carecía de astucia y la escena pintoresca con Bartolomé Díaz puede muy bien haber sido combinación de dos de los rasgos más típicos de su carácter: cautela y megalomanía. Escribió al rey Don Juan que los reyes de Castilla le habían mandado que no dejase de entrar en los puertos de su Alteza para pedir cuando necesitara por sus dineros y rogaba al rey Don Juan «le mandase dar lugar para ir con la carabela a la ciudad de Lisboa, porque algunos ruines pensando que traía mucho oro, estando en puerto despoblado, se pusiesen a cometer alguna ruindad, y también porque supiese que no venía de Guinea sino de las Indias».

Don Juan mandó hacer fácil y honroso el camino del Almirante de las Indias en Portugal; y dispuso que los servidores reales le proveyesen gratis de todo cuanto pudiera necesitar. Pero es posible que Colón se preguntase si andaba muy seguro por aquellas tierras y si, por otra parte, los reyes de Castilla verían sin disgusto que hubiese ido con el cuento del descubrimiento a la Corte de su rival antes de ir a la suya. Pero ya era tarde para retroceder. Al día siguiente, 9 de marzo, fue recibido por el rey.

La acogida fue muy cordial; el flamante Almirante se vio tratado como un Grande de España y autorizado a sentarse en la presencia real. El rey expresó sus dudas sobre el derecho de la Corona de Castilla a las tierras descubiertas, pero, diplomáticamente, Colón alegó ignorancia completa de este aspecto. Durante dos días permaneció en la Corte y el lunes siguiente, después de una visita a la reina, a la sazón en el monasterio de Villafranca, retornó a su carabela.

Con todo, es muy posible que estos sucesos, al parecer tan normales, hubieran sido en realidad menos sencillos de lo que parecen, y que Colón hubiera rozado peligros más mortales que los que la tormenta y los indios habían acumulado a su paso. El martes 12 de marzo, cuando se preparaba para marchar de Llandra, donde había pasado la noche, recibió una oferta inesperada del rey Don Juan para que siguiese viaje a Castilla por tierra. Colón declinó la oferta, embarcó en la *Niña* y se hizo a la vela al día siguiente.

Dos días después, al alba del viernes 15 de marzo, la *Niña* pasaba la barra de Saltes y a mediodía surgía en el puerto de Palos a la vista de una muchedumbre entusiasta. La ansiedad que sentirían los que tenían a sus hombres en la *Pinta* se desvaneció aquella tarde, cuando vieron la carabela de Martín Alonso, que había hallado refugio a la tempestad en Bayona de Galicia, subir el Odiel y venir a fondear al lado de la *Niña*.

El regocijo era completo, salvo para los que recordaban a los cuarenta españoles que quedaban en La Española.

Los reyes recibieron encantados la buena nueva del descubrimiento. El 30 de marzo, desde Barcelona, le escribieron, llamándole «Don Cristóbal Colón, nuestro Almirante del Mar Océano, e Virrey y Gobernador de las Islas que se han descubierto en las Indias»; le prometieron más mercedes y al punto manifestaron esa sensación de prisa que dominaría su correspondencia con él durante los seis meses venideros: era preciso regresar cuanto antes a las Indias, para mayor gloria de la Corona y de la cristiandad.

A fines de abril fue recibido en audiencia solemne por los Reyes Católicos. Los reyes asombraron a sus cortesanos otorgándole dos honores singulares hasta entonces reservados a los más grandes de entre los grandes: se levantaron para recibirle y cuando les hubo besado las manos le ofrecieron un escabel. Es probable que esta distinción, otorgada en presencia de toda la multitud de envidiosos, haya sido una de las primeras causas de sus cuitas ulteriores y de su caída final. En cuanto al discurso que pronunció ante los reyes, podemos imaginarlo como un comentario y paráfrasis de sus cartas, caldeado por el fuego de su imaginación y estimulado por la seguridad de sí mismo que le inspiraría la contemplación de su triunfo en aquella hora gloriosa.

Pero la gloria, pensó Enzo, siempre tiene su dosis de hastío. Con la misión cumplida, la hermandad se relajaba y cada uno tenía sus propios desafíos. Fue a despedirse de Colón, que, alojado en unas dependencias llenas de libros, volvía a rodearse de papeles y mapas.

—¿Qué nuevos planes urdiréis ahora? —le dijo Enzo, aunque sabía la respuesta.

—Tengo, Enzo, que hacer una buena crónica de los días pasados, para depurar los errores cometidos, y prever el mejor retorno. Tenemos hombres de sus majestades como centinelas de España, y precisamos recuperarlos.

—¿Vais a seguir buscando oro?

—Haré —dijo Colón con tono falsamente humilde— lo que sus majestades me ordenen.

Pero en su voz había un tinte de soberbia que Enzo no podía reprocharle. Al fin y al cabo, había descubierto un continente, pero, también, había fracasado en su empeño. Todo cuanto había anticipado y que había justificado su viaje no había sido hallado. Ciertamente, en su lugar, habían aparecido otros hombres, otras culturas, que sin duda enaltecerían a los reinos europeos, y aportarían riquezas a sus monarcas, pero estaban lejos de los proyectados intercambios con los ricos países orientales, y sus inacabables mercaderías. En el triunfo del titán advertía Enzo su fragilidad. Quizá, pensó también, comenzaba a estar cansado de tantas emociones.

—Enzo —dijo Colón, aunque con aire distraído—, he pensado que querréis llevaros alguna de las baratijas de los indígenas, para vuestras veladas en vuestra ciudad, si es que volvéis al sosiego.

Y le entregó una figura bellamente tallada, aunque con colores desvaídos, que Enzo agradeció más por protocolo que por afición. Aunque le gustó imaginarla como la prueba de cuanto habían pasado. Luego el almirante le dio un fuerte palmetazo en el antebrazo y se dirigió a la ventana, impidiendo mayor despedida.

Aquella tarde en Barcelona fue la última en que Enzo vio a Cristóbal Colón. Se despidió de aquel hombre que parecía atravesado por la flecha de un sueño. Nunca más le volvió a ver y le quedo de él ese recuerdo agridulce que nos dejan los hombres que lucharon sin descanso por alcanzar un ideal. Viven durante años en la zozobra y tal es su empeño en alcanzar su meta que intentan obligar a la realidad a replegarse sobre sí misma para que no pueda desmentir su sueño y ni tampoco despertarles. Muchos no consiguen apagar su fe insaciable, pero otros sí. Hay que aceptar los límites. Y la finitud. Sin embargo, en el caso de Colón, no fue así. Él sí consiguió alcanzar su sueño. Pero en su caso, los dioses dibujaron una sonrisa no exenta de perversidad. Él cumplió su sueño pero nunca lo supo. Luego, guiada por la envidia de los otros, por la traición de algunos o su propia vanidad —las interpretaciones son múltiples—, la historia le robó su nombre. Y aun pudo pensar Enzo, años más tarde, recordando su triunfo en Barcelona: «Realmente parece extraño que ese hombre descubriera América. Pero sí, lo hizo.» Y aún más extraño es que Colón descubriera América y no Colombia, y peor aún que se pusiese en duda que hallara continente alguno.

15

Mundus Novus

Lorenzo el Magnífico había aprobado que fuesen dos los agentes del plan florentino para lucrarse con las riquezas de los viajes transatlánticos: Colón y Américo. A Colón le proveía Toscanelli de información, Américo disponía de los mapas de Zheng He traídos por Enzo. Las intrigas de Simonetta a favor de Colón solo fueron descubiertas cuando Enzo se embarcó con los españoles. Y suerte tuvo Colón de que Enzo le acompañase dada la inestabilidad de su carácter. Si solo hubiese sido oro lo que quería, hubiera estado todo más claro. Pero es que Colón era un místico con cierta propensión a la beatería, lleno de arrebatos y desánimos.

Comparado con él, Américo Vespucio era un humanista florentino educado por su tío Giorgio Antonio, miembro de la Academia platónica, íntimo de Ficino y del grupo de Toscanelli.

En el retrato que le hizo Sandro Botticelli se le ve como un noble florentino de pelo rubio, cabeza ancha, semblante altivo, esquivo, imperioso, de labios finos y mirada desdeñosa. Un hombre de mundo, pragmático, escéptico y hábil.

Enviar a Américo a Sevilla y Lisboa era acertado porque cuando Zheng He navegaba los mares para el Imperio chino, un príncipe portugués, Don Enrique, de acuerdo con su hermano el rey, se instaló en Sagres, fortaleza del cabo de San Vicente en la punta más occidental de la península. Contaba con dos patrimonios valiosísimos: la Orden de Cristo y los cartógrafos mallorquines exiliados.

La conversación entre Jacques de Molay y Raimundo Lulio se había cumplido con ominosa precisión. Los templarios fueron abolidos por sorpresa y con alevosía por el rey de Francia y el papa. No mucho después ambos murieron tal y como había profetizado De Molay: uno como caballero felón, el otro envenenado.

Los templarios de la parte occidental buscaron instintivamente refugio en España, y de allí a Portugal porque el rey de Aragón no apoyó nunca la injusticia cometida por el francés contra la Orden del Temple y porque el rey de Portugal tenía intereses en ultramar que la Orden estaba capacitada para impulsar con sus flotas, marinos y expertos en la artes de navegar.

Así, al cabo de un siglo de proclamarse el decreto de disolución de los templarios, el príncipe Enrique el Navegante fundó la Orden de Cristo, que no es otra cosa que el Temple refugiado en Portugal y revivido en exploradores y navegantes en vez de guardianes de Tierra Santa y auxilio de peregrinos. La clave de la reconversión fue sustituir la Nueva Jerusalén por el Nuevo Mundo, un paraíso terrenal puro y virgen donde fuera posible la segunda venida de Jesucristo, que, ya estaba más que claro, no podría rencarnarse ni en la belicosa Europa ni en la mancillada Tierra Santa.

Con buena parte del tesoro de los templarios se sufragó la Orden de Cristo y su cabeza de puente, la Academia de Navegación de Sagres. En ella reunió Don Enrique marinos catalanes, cartógrafos mallorquines y astrónomos musulmanes y desde allí lanzó a los caballeros de su Orden de Cristo, que en vez de caballos montaban en naves hacia las costas de África en busca de la Ruta de las Especias por el cabo de Buena Esperanza.

El éxito fue total cuando Vasco de Gama llegó a las costas de la India tras doblar África y cruzar el océano Índico. Luego ya se trató de operaciones militares para afianzar puertos de escala en la ruta de la India y más allá por Ceilán al emporio de Malaca y al cuerno de la abundancia de las Molucas, ricas en especias valiosas: copra, nuez moscada, pimienta y clavo.

Cuando esta ruta oriental hacia las Indias estuvo consolidada y protegida por los ex templarios de la Orden de Cristo, Don Enrique miró a Occidente, a través del Atlántico desde Sagres y para ello acogió la colaboración de un segundo Colón que supiera navegar las corrientes occidentales y hallara el camino directo, por mar, a las Indias y Catay. Ese segundo Colón no podía ser otro que Américo Vespucio, florentino, el hombre de Marsilio Ficino y sobrino de Giorgio Antonio Vespucio. Américo era cosmógrafo, piloto y viajero, asentado en Sevilla desde que los Medici le destinaron allí para cuidar sus intereses y donde se había casado con la hija —ilegítima— del Gran Capitán, Gonzalo Fernández de Córdoba. Según él, realizó cuatro viajes.

Como Américo tenía los mapas de Zheng He que Toscanelli no dio a Colón, sabía que hallaría un continente entre Europa y China. Américo viajó primero con españoles y luego con los portugueses y, a diferencia de Colón, se ocupó de que sus viajes fueran conocidos para lo que propaló sus escritos por Europa.

Enzo da Conti se había instalado en Palos de la Frontera cuando le llegó un paquete cuidadosamente envuelto y asegurado todo él por un cordel blanco. Adornaban el conjunto dos lacres de cera y trementina sobre los cuales se perfilaba una avispa.

—Vesp... ucio... —dijo Enzo para sí con innegable sorpresa.

Una vez el propio se hubo marchado, Enzo abrió con pulcritud el paquete. En su interior se encontraba un opúsculo titulado *Mundus Novus* escrito por Américo Vespucio.

Enzo recordaba haber tenido noticias de la publicación de aquel texto que relataba los viajes de Américo atravesando el Atlántico y asimismo había escuchado decir que existían fundadas dudas de que tales viajes hubieran sido verdaderamente llevados a cabo por el florentino y asimismo de que tampoco faltaban quienes aseguraban que no eran más que un plagio de cuidada redacción de los diarios de Colón. Como en estas cosas no hay nada más fiable que la propia opinión, se puso Enzo a leer de inmediato aquel texto, que decía así:

Con feliz navegación, faltando 14 días para el mes de mayo de 1501, partimos de Lisboa con tres naves —por orden del rey— a buscar nuevos países hacia el austro, y navegamos veinte días continuamente hacia el mediodía. Navegamos por las islas Afortunadas, que era como se las conocía anteriormente, pero que actualmente se llaman islas de Gran Canaria, las cuales están en el tercer clima y en los confines del occidente habitado. Luego recorrimos por el océano todo el litoral africano y parte del etiópico hasta el promontorio Etíope, nombrado así por Tolomeo, el cual ahora nosotros conocemos por Cabo Verde y los etíopes por Biseghier, y aquel país Mandraga, situado a catorce grados dentro de la zona tórrida de la línea equinoccial hacia la septentrional, la cual está habitada por gentes y pueblos negros. Recuperadas las fuerzas y las cosas necesarias a nuestra navegación, levamos anclas y desplegamos las velas a los vientos; y proseguimos nuestro viaje por el anchísimo océano hacia el polo ártico, un poquito hacia el occidente por el viento llamado bolturno. Y desde el día que partimos de dicho promontorio, navegamos por espacio de dos meses y tres días antes de que se nos apareciera tierra alguna.

Lo que verdaderamente sufrimos en aquella inmensidad de mar, los peligros de naufragar —así como las muchas incomodidades físicas que padecimos, y ansiedades que afligieron nuestra alma—, lo dejo a la estimación de aquellos que conocen bien muchas de estas cosas y de lo que significa buscar lo incierto y aún desconocido.

Para narrar brevemente y en pocas palabras todo lo sucedido, de sesenta y siete días que navegamos continuamente, cuarenta y cuatro los tuvimos con lluvia, truenos y relámpagos; todo estaba tan oscuro que nunca vimos el sol de día, ni serena la noche. En estas verdaderamente tan terribles borrascas del mar y del cielo, tuvo a bien el Altísimo mostrar ante nosotros el continente y nuevos países y otro mundo desconocido. Al verlo, nos alegramos tanto como les suele ocurrir a aquellos que de múltiples calamidades y de adversa fortuna salen con salud. Exactamente el día 7 de agosto de 1501 llegamos a las costas de aquellos países. Allí descubrimos que aquella tierra no era una isla sino un continente, porque se extiende en larguísimas playas que no la circundan y estaba repleta de infinitos habitantes.

Convenimos navegar siguiendo el litoral de este continente hacia oriente y no perderlo nunca de vista, y enseguida avanzamos tanto que llegamos a un golfo donde el litoral vuelve hacia el mediodía y desde aquel lugar, donde primero tocamos tierra, hasta este golfo había cerca de trescientas leguas. En esta parte de la navegación bajamos a tierra muchas veces, y conversábamos amigablemente con la gente. Desde el promontorio de Cabo Verde hasta el principio de este continente hay cerca de setecientas leguas, aunque yo estimo que nosotros navegamos más de mil ochocientas, en parte por desconocer esos lugares y la ignorancia del piloto, y en parte por la tempestad y los vientos que impedían nuestro viaje recto y nos empujaban de un lado para otro.

Unas líneas más abajo, pudo darse cuenta Enzo de que la modestia no era desde luego una de las virtudes de Vespucio. Aunque tal vez la inseguridad fuera la clave de su inmodestia. Se sentía siempre desplazado.

Si los compañeros no hubiesen reconocido mi valor y que sabía de cosmografía, no me hubieran puesto de piloto en sustitución de los otros. Pues íbamos extraviados y errantes, y los instrumentos únicamente nos señalaban con exactitud la verdad de los altos cuerpos celestes: y estos eran el cuadrante y el astrolabio como todos sabemos. Y así, desde entonces, me han honrado mucho, ya que les he demostrado que sin conocimiento de la carta de navegación soy —de entre todos los pilotos del mundo— el que mejor comprende la ciencia de la navegación, a diferencia de aquellos que solo saben de los lugares que han visitado muchas veces.

La redacción del florentino parecía sustentarse más en la imaginación o en los tópicos que en aquella época se utilizaban para describir épocas de la humanidad anteriores a la civilización. Para ello recurría Américo constantemente a la descripción de aquellas tierras en conformidad con la idea vigente del *locus amoenus*, del buen salvaje y del paraíso terrenal. Vespucio no expresa espontáneamente sus impresiones subjetivas y observaciones concretas —pensó Enzo— sino que las comprende y clasifica en el marco tradicional al alcance de cualquier italiano culto de su época arreglando todos los elementos tópicos en una visión espectacular.

La tierra de aquellos países es muy fértil y placentera, con muchas colinas, montes e infinitos valles y abundancia de grandísimos ríos y salutíferas fuentes ricas en aguas, así como dilatadísimas selvas densas e impenetrables y copiosamente llenas de toda clase de fieras. Allí los árboles grandes arraigan sin cultivador, y muchos de sus frutos son deleitables al gusto y útiles a los cuerpos humanos, y otros justamente lo contrario. Allí ningún fruto es semejante a los nuestros. Se producen innumerables especies de hierbas y raíces, de las cuales hacen pan y óptimas viandas. Y tienen muchas simientes absolutamente distintas a las nuestras.

No es posible hallar ninguna clase de metal, excepto oro, que abunda en aquellos países (aunque en nuestra primera navegación no hemos traído nada de ellos). Esto lo supimos por los mismos habitantes, los cuales nos aseguraban que tierra adentro había una grandísima abundancia de oro, el cual no estiman en absoluto ni tienen en aprecio. Abundan las perlas. Todos los árboles allí son olorosos y de cada uno mana goma, o también aceite u otro licor, y estoy convencido de que si conociéramos sus propiedades y los usáramos, resultarían saludables para nuestros cuerpos.

El aire allí es muy templado y bueno y, según pude saber por ellos, nunca han padecido la peste o enfermedad alguna producida por el aire corrompido. Así que si no mueren de una muerte violenta, gozan de una larga vida. Creo que esto es debido a que allí siempre soplan aires australes y, especialmente, el que nosotros llamamos euro, que equivaldría para ellos al que nosotros llamamos aquilón. Se deleitan pescando, y aquel mar es muy apto para pescar porque abundan toda clase de pescados

Enzo siguió leyendo y se encontró con el tópico del buen salvaje:

Son gente, digo, mansa y tratable. Y todos, de ambos sexos, van desnudos, no se cubren ninguna parte del cuerpo, y así como han salido del vientre de la madre así van hasta la muerte. Tienen cuerpos grandes, bien plantados, bien dispuestos y proporcionados y de color tirando al rojo, lo cual pienso que es debido a que al andar desnudos les tiñe el sol. Tienen los cabellos abundantes y negros. Son ágiles al andar y en los juegos y tienen caras francas y hermosas...

[...] No tienen paños de lana, de lino o de bombasí, porque no los necesitan para nada. Tampoco tienen bienes propios, ya que todas las cosas son comunes. Viven juntos sin rey, sin autoridad, y cada uno es señor de sí mismo. Toman tantas mujeres como quieren, y el hijo se mezcla con la madre, y el hermano con la hermana, y el primo con la prima, y el viandante con cualquiera que se encuentre. Cada vez que así lo desean, deshacen el matrimonio y no obedecen a ninguna clase de orden. Además no tienen ninguna iglesia, ninguna ley, ni tan siquiera son idólatras.

¿Qué más puedo decir? Viven según la naturaleza, y es más exacto llamarlos epicúreos que estoicos. No comercian entre ellos ni compran cosas.

Y, ciertamente, si el paraíso terrestre está en alguna parte de la tierra, estimo que no difiere mucho de aquellos países, de los cuales, como te he dicho, está al mediodía, y el aire es tan templado que allí nunca se dan inviernos helados ni veranos cálidos.

«Aquí está —pensó Enzo— lo que faltaba: la referencia al paraíso terrenal, típica de los relatos europeos sobre viajes de exploración.»

Enzo recordaba de sus años de formación, cómo según los preceptos de los *Studia Humanitatis*, que inspirado en Cicerón recupera la tradición del humanismo latino iniciado por Salutati y Bruni, se establece la imagen del hombre civilizado como la convivencia y participación ordenada de la ciudadanía en el marco de la ley y se entiende que cualquier otra forma de convivencia es primitiva e impropia del mundo europeo, que solo puede engendrar modos de conducta exentos de orden, normalidad y progreso. Esta condición negativa exige tanto como justifica el afán civilizatorio de los descubridores.

Está claro que Colón buscaba al Gran Khan sin encontrarlo y torturaba su imaginación hasta lograr sacarle la más insólita esperanza o la más extraña idea de su paradero, pero el amigo florentino no busca ningún Khan sino impresionar al lector culto. Y no solo impresionaba con su retórica, pensaba Enzo, sino con truculencias morbosas como que:

Entre ellos hay otra costumbre muy atroz y que resulta difícilmente concebible para nosotros: puesto que sus mujeres son lujuriosas, hacen hinchar los miembros de sus maridos de tal modo que parecen deformes y brutales gracias a un artificio suyo y a la mordedura de animales venenosos; y debido a esto muchos de ellos lo pierden y quedan eunucos.

Sus armas son el arco y la flecha, y cuando se enfrentan en batalla no se cubren ninguna parte del cuerpo para defenderse, así que en esto también se asemejan a las bestias.

Los pueblos pelean entre ellos sin orden ni concierto. Los viejos con ciertas peroraciones inclinan a los jóvenes a lo que ellos quieren, y los incitan a la batalla, en la cual se matan cruelmente los unos a los otros.

Y a aquellos hechos prisioneros en la batalla se les da muerte y sirven de alimento, puesto que los vencedores se comen la carne de los vencidos al ser entre ellos un alimento común. Esto es algo absolutamente cierto: yo he visto a un padre comerse a sus hijos y a su mujer, y he conocido a un hombre, con el cual he hablado, del que se decía que se había comido más de trescientos cuerpos humanos. Incluso estuve veintisiete días en una ciudad en cuyas casas la carne humana salada colgaba de las vigas, al igual que nosotros solemos ensartar el tocino y la carne de cerdo. Te diré más: ellos se maravillan de que nosotros no matemos a nuestros enemigos y que no usemos su carne en las comidas, la cual dicen que es sabrosísima.

Las mujeres, como te he dicho, aunque andan desnudas y son libidinosas, no tienen nada defectuoso en sus cuerpos, hermosos y limpios, ni tampoco son tan groseras como alguno quizá podría suponer, porque aunque son carnosas lo disimulan gracias a su buena estatura. Una cosa nos ha parecido milagrosa: ninguna de ellas tiene los pechos caídos, y las que habían parido no se diferenciaban en nada —por la forma del vientre y la estrechura de caderas— de las vírgenes, y en las otras partes del cuerpo —las cuales no menciono por recato— también parecían lo mismo. Cuando los cristianos podían unirse a estas mujeres llevadas por la lujuria, estos veían manchar y abatir todo su pudor. Viven ciento cincuenta años y pocas veces enferman, y si contraen una mala enfermedad se curan a sí mismos con ciertas raíces de hierbas.

«En fin —pensó Enzo—, truculencias y exotismos para amenizar el relato, pero ni un detalle concreto. De lo que allí se lee no puede inferirse en qué lugar real de la tierra están estas gentes. Por ahora lo que cuenta lo podría haber sacado de los anteriores viajes de Colón. Ahora bien, escribe mucho mejor que el atrabiliario Gran Almirante.»

16

Colón y Américo en Sevilla

En tanto que Américo viajaba o decía viajar —con españoles y portugueses—, Colón se hundía en su perplejidad que le empujaba al despropósito.

La catástrofe de Colón llegó con la inevitabilidad de una tragedia griega empujada por la *hibris* de él y las envidias de sus colaboradores devenidos competidores. Si Américo estuvo entre estos, el enajenado Colón no se enteraría nunca. ¿Por qué este cosmógrafo, aventurero, almirante, se abandonó hasta el punto de regresar a España, apresado por Bobadilla, que no era más que un inspector que enviaron los reyes para esclarecer qué estaba pasando en las tierras descubiertas? Fue el propio Colón quien insistió en permanecer encadenado, para retraer a los reyes su ingratitud con este aherrojamiento innecesario.

¿Qué le había sucedido a Colón para caer tan bajo? Enzo lo sabía porque había sido testigo del proceso: tras el entusiasmo de llegar a Tierra, Colón buscó con ahínco la corte del Gran Khan, luego se conformó con tener trazas de que estaba en Catay o Cipango, luego se contentó con recoger oro. Al no conseguir nada de todo esto, fue desvariando, poco a poco, primero, desaforadamente después, hasta acabar en cadenas. Su razón pasó de la cosmografía a la profecía: al no hallar Catay buscó oro para reconquistar Tierra Santa. Olvidó que los caballeros templarios de la Orden de Cristo no deseaban oro, solo querían fundar un Nuevo Mundo y él lo había hallado, pero no lo reconocía.

Su razón comenzó a debilitarse y como es común en esos casos, se refugió en la mística y las profecías. Américo Vespucio no había perdido ni un ápice de su inteligencia, ni de su astucia, ni de su perfidia. Su encuentro con un Colón devastado y acabado fue como poner banderillas a un toro derrengado y exhausto.

Colón y Américo se encontraron por última vez en Sevilla, viejo y desengañado, el uno, alerta el otro para cumplir la política florentina tal como la programó Lorenzo de Medici: ser instrumento de los mercaderes para abrir un provechoso y enorme mercado.

Al acabar el siglo, tras ocho años de viajes, Colón se había convertido en «un motivo de desengaños para sus

patronos y de exasperación para sus amigos». Había in-
cumplido todas sus promesas: no encontró la ruta corta
a Asia, había metido a la Corona en otra onerosa conquista de inútiles aborígenes, como Canarias, pero sin
las perspectivas de beneficios de estas. Encontró muy
poco oro y de incierta calidad. Sus promesas de que la
Hispaniola era un paraíso se había disuelto en el olor de
pestilencia del cólera. Su convicción de que los nativos
eran inofensivos acabó en matanza. Había abandonado
la administración de las islas en manos de los rebeldes
amotinados. Había hecho jurar a sus hombres que Cuba
era parte de un continente, cuando todos opinaban que era
una isla.

Luego, empezó a dar señales de paranoia. Su relato
de la tercera travesía de 1497-1498 sonaba alarmante-
mente demencial: desvaríos visionarios, lamentos para-
noicos, especulaciones sobre el globo terráqueo en forma de pera con el paraíso terrenal en la cima de una
montaña en forma de teta que él había rodeado pero no
alcanzado. Al final de 1499, el corregidor Bobadilla que
los monarcas enviaron a comprobar su conducta, lo devolvió a España encadenado.

—¿Había para tanto? —le consolaba el cínico Américo.

—La envidia, Américo, en España lo puede todo. Si
osas sacar la cabeza por encima de la mezquina mediocri-

dad de la mayoría, se ofenden y como hienas van a por ti, arrancándote jirones entre todos, que de uno en uno no se atreven a atacar. Detestan que les demuestres lo cobardes y perezosos que son y desprecian cuanto ignoran.

La amistad que Colón profesaba a Américo no había sufrido menoscabo pese a los viajes de este aprovechándose de su estela. Colón quería a Américo como a un hermano menor, al que guiaba en los mares revueltos de las intrigas de palacio.

—A río revuelto pasa de todo, pero a océano revuelto las injusticias son colosales —dijo Américo—, y lo peor es la ingratitud y olvido de los poderosos. Los Medici, Lorenzo y Lorenzo de Pierfrancesco, me hicieron y me deshicieron. Me mandaron a Sevilla y a Lisboa como una peonza y luego me obligaron a enjugar las deudas de Gianotto Berardi.

Américo mentía por omisión, no revelando el papel que había jugado como emisario doble, en Sevilla y Lisboa, de los Medici.

—Comparado conmigo habéis salido bien librado —comentó Colón.

Y luego tomó a Américo de las manos y le rogó:

—Prometedme que, cuando yo no esté, mantendréis mi memoria, propagando las noticias de mis viajes, y os aseguraréis de que la posteridad me otorgue la gloria que me ha quitado en vida.

—Cuando no estéis me ocuparé de vuestra posteridad, pero aún estáis vivo.

Américo era florentino, educado en las intrigas de Maquiavelo, y financiado por los Medici. A su lado Colón, aparte de plebeyo, era un aprendiz en el arte de la intriga y de la disimulación. Además, para un toscano, traicionar a un amigo producía mucho más placer que engañar a un enemigo. Mientras con sus buenas palabras dejaba a Colón convencido de que velaría por su legado, usó sus diarios y sus mapas para escribir a Soderini una carta que su tío Giorgio Antonio, amigo de René de Lorena, haría llegar a los monjes de Saint-Dié.

17

La impostura de Américo

Colón había muerto tristemente postergado, Américo había sido nombrado piloto mayor de Castilla y gozaba en Sevilla de sus prebendas con su bella esposa española, Enzo había regresado a Florencia para dar cuenta a Simonetta de sus cuitas con el almirante Colón. Encontró una Florencia devastada por Savonarola y la invasión francesa, Simonetta muerta de consunción: nada le ataba ya a aquella ciudad maravillosa de antaño, ahora una celda de penitentes fanáticos.

Para colmo de su sorpresa le llegó a las manos una publicación alsaciana llamada *Cosmographiae Introductio* en la que se denominaba América al nuevo mundo descubierto por Colón.

Si la lectura de la *Introductio* supuso para Enzo una

gran sorpresa, aún mayor sería su perplejidad cuando vio que el volumen iba acompañado por un planisferio de gran formato grabado en xilografía e impreso en doce hojas separadas con objeto de formar con ellas un mapamundi mural en blanco y negro. El conjunto había sido elaborado en la abadía de Saint-Dié, situada en el corazón de la Lorena. Bajo la protección del duque Renato II, los monjes de Saint-Dié compartían el rezo y los cánticos sagrados con la afición por la cartografía y la transcripción entusiasta y cuidadosa de obras señeras. En 1507 preparaban una nueva edición de la *Geografía* de Tolomeo, cuando el duque les hizo entrega de un ejemplar en francés, a él dedicado, que recogía las cartas de Américo Vespucio a influyentes personajes de la época en que narraba cuatro de sus supuestos viajes. Los monjes decidieron preparar un cuidado volumen de cincuenta y cuatro hojas con el título de *Cosmographiae Introductio* presentado como: «Una introducción a la Cosmografía, con algunos principios de Geometría necesarios. Además cuatro viajes de Americus Vespucius. Una descripción de la Cosmografía universal, estereométrica y planimétrica, junto con lo que desconocía Tolomeo y ha sido recientemente descubierto.»

Gualterio Lud, secretario del duque, con excelentes conocimientos tipográficos, había establecido una imprenta en Saint-Dié en 1500. Matías Ringman, poeta y latinista, fue otro de los principales implicados. El duque quería que el texto se publicara en latín. Se encargó de la traducción el canónigo de Saint-Dié, de nombre Jean Basin de Sandecourt. Al monasterio llegó por aquel entonces un clérigo que había estudiado en la Universidad de Friburgo y cuyo oficio era el de dibujante y cartógrafo. Se llamaba Martin Waldseemüller y fue el encargado de redactar el texto que precediera al relato de Américo.

El texto decía así: «Un cuarto continente fue descubierto por Americus Vesputius. No hay ninguna razón de peso para no dar a esta parte del mundo el nombre de su descubridor Americus, un hombre ingenioso y de mente clara. Por tanto se debería dar a estas tierras el nombre de Amerige, es decir, Tierra de Americus, o América, pues también Europa y Asia llevan nombre de mujer.»

El planisferio diferenciaba claramente los nuevos territorios de Asia. En él, podían verse los retratos de Tolomeo y de Vespucio, enfrentados y situados cada uno de ellos al lado de sus mundos: a la derecha, junto a Américo, el nuevo mundo y a la izquierda, junto a Tolomeo, el viejo. Sobre los nuevos territorios se podía leer: *América.*

Enzo no salía de su asombro. Dudaba de que los viajes de Américo fueran ciertos. Los rumores que circulaban en la Península en ese sentido eran muy extendidos y por otra parte su lectura del documento —dada la numerosa presencia de tópicos propios de la época en relación con el lugar ameno y el buen salvaje— reforzaba sus sospechas. Cuando lo conoció en Florencia le pareció un hombre de poco fiar y franca doblez. Pero si algo había aprendido Enzo en los ya muchos años que llevaba en los mares y océanos de Dios es que la única forma en que se puede tener seguridad en algo es la que proporciona la propia experiencia. Si la autenticidad de los viajes le sumía en un mar de dudas, no le parecía menos sospechoso que los monjes de Saint-Dié, tan apartados de Italia, de España o de Portugal hubieran decidido ignorar a Colón y adjudicar el descubrimiento a Vespucio. Si aquellos monjes eruditos y solitarios de los Vosgos eran tan eruditos como su prestigio hacía suponer, tomar partido tan decididamente por Américo en detrimento de Colón sin motivo aparente no parecía muy aceptable.

Con el fin de comprender qué había pasado decidió visitar de nuevo a Maquiavelo. Sabía que el texto publicado en Saint-Dié era idéntico al que ya apareciera en toscano unos años antes pero con una dedicatoria distinta. Si la del texto de Saint-Dié se dirigía al duque de Lorena, la otra iba dirigida a Pietro Soderini, entonces *gonfaloniere* de la República de Florencia. Desde que Enzo partiera, Maquiavelo había desarrollado una intensa actividad diplomática y ahora era el hombre de confianza de Soderini. Esto le hacía suponer que tendría información de primera mano en relación con la mencionada carta.

Nicolás había acentuado con los años su cara de lagartija y ahora su rostro se asemejaba más a una de aquellas iguanas que viera durante el viaje con Colón y que tanta sorpresa causaban a los españoles. Su mirada mantenía la intensidad de antaño pero ahora con un matiz de amargura y decepción incuestionable.

Tras los saludos de rigor, Enzo fue al grano. Expuso su desconfianza y le explicó a Maquiavelo su disgusto ante todo lo sucedido.

—Las cartas de Vespucio me parecen un plagio escandaloso y no puedo entender cómo los monjes de la abadía de Saint-Dié no solo le dan crédito sino que además le consideran el verdadero descubridor del nuevo continente. Y aún no contentos con esto lo bautizan con su nombre.

—No os puedo ayudar mucho. Pensad que el papel de Soderini en todo esto es también muy confuso. Hay quien asegura incluso que el texto es apócrifo hasta el punto de que ni siquiera lo escribió Américo sino que fue una falsificación del propio Soderini, que impresionado por el éxito de *Mundus Novus* decidió reunir varias cartas y añadirles una dedicatoria a su persona.

—¿Por qué motivo haría eso?

—Las malas lenguas decían que dado que él es ahora el más alto cargo de Florencia, no podía consentir que tan exitoso personaje le dedicara un opúsculo a un Medici y a él le ignorara.

—Entonces...

—Entonces, si bien es cierto que Soderini puede haberse inventado la dedicatoria y aun la carta entera... también lo es que yo a Vespucio lo veo un hombre tan inseguro como dispuesto a conseguir un pedazo de gloria a cualquier precio. Por tanto, si ha de dedicarle la versión toscana a Soderini, lo hará; y si cree que debe hacer lo propio con la versión francesa lo hará igualmente. Aun al mismísimo Lucifer le dedicara cualquier cosa si con ello pudiera conseguir sus objetivos.

—¿Pero con qué apoyos creéis que contaba Vespucio? Enzo parecía perplejo.

—Según sé, su tío y mentor Giorgio Antonio era amigo antiguo del duque de Lorena y este le debía favores; y el duque de Lorena manda en Saint-Dié.

La maniobra estaba clara. Los contactos de Vespucio eran muy superiores a los de Colón: había movido sus hilos para lograr suplantarle.

Su sentido natural de la justicia impulsó a Enzo a enfrentarse con Américo. Aunque tuviese que volver a Sevilla —no le gustaba retroceder—, confrontaría a aquel farsante. Así fue.

—Vos teníais el mapa que yo le vendí a Lorenzo Medici y que guardó Toscanelli —le espetó Enzo para acorralarle.

—Claro —repuso Américo con tranquilidad—, Toscanelli me lo dio a mí para que navegara con Portugal.

—Y luego escribisteis vuestras cartas de propaganda con las informaciones que trajimos de los viajes de Colón.

—Yo también viajé lo mío.

—Pero no descubristeis el continente.

—Mirad, Enzo, si esa tierra lleva ahora mi nombre, es por culpa de la tozudez del Almirante.

Enzo quedó mudo sin saber qué responder.

—Colón se empeñó en que había llegado a Catay, jamás aceptó haber dado con un nuevo continente. Yo sí, yo sabía por vuestro mapa, el de Zheng He, que navegando al oeste hallaría un continente que me cerraría el camino a China. Lo llamé Nuevo Mundo y lo describí bajo ese nombre. Yo fui el primero en llamar Nuevo Mundo a lo que se encontró Colón y no él. Justo es que lleve mi nombre.

Enzo quedó anonadado ante aquel argumento tan lógico e irrebatible como injusto. Bajó la cabeza, le miró de soslayo y salió sin despedirse, mascullando para sí:

—¡Que Satanás te confunda, impostor!

La depresión de Enzo fue tal que de Sevilla se embarcó para Alejandría, pasó a Adén y no paró hasta China, donde Mi-Fei, avisada, le vio efectivamente volver en barco.

—Señal de que has cumplido nuestro mandato.

—Con creces: ya no pararán de cruzar el Atlántico en siglos. A lo peor los veréis llegar aquí incluso por el este, habéis despertado a la fiera, ahora a ver cómo la domáis.

—De momento te voy a amansar a ti, así empezaremos a practicar.

EPÍLOGO

LAS TRES HERMANAS

18

Ai-Ling en San Francisco

Corría el año 1950, habían pasado cinco siglos y otra hermosa mujer de la secta Nu-Shu avanzaba por el largo pasillo que conducía hasta el aula donde debía impartir su curso de doctorado. Abrió la puerta con delicadeza pero sin solemnidad; alrededor de la mesa redonda la esperaban ya los doce estudiantes matriculados. Ajustó la puerta hasta cerrarla, dejó el bolso en una silla después de sacar de él cuidadosamente un Moleskine negro y unas diapositivas. Cuidadosamente introdujo la primera diapositiva del curso: Universidad de California, Berkeley, y en la parte superior, sobre una cenefa de inspiración oriental: Asian Studies, 707, Post-Graduate.

Con voz clara y juvenil dijo:

—Me llamo Ai-Ling.

Era la decimoctava descendiente de Mi-Fei, la amiga de Enzo que burlara al mandarín para recuperar los mapas de Simbad.

—En este curso nos centraremos en la recepción de la poesía clásica china en la poesía y la poética imaginista en Estados Unidos y especialmente en Ezra Pound.

Se oyó un murmullo en el aula.

—¡Pound!, *of all poets.*

—¿Qué tienen ustedes contra Pound? —inquirió Ai-Ling cándidamente, cuando lo sabía perfectamente.

—Fue un facha fascista, amigo de Mussolini.

—¡Acabó en un manicomio de Kentucky!

—Seamos precisos —dijo para calmar los ánimos la profesora—. Fue el propio presidente Truman quien lo metió en el manicomio para no tener que matarlo por traidor. Era una guerra y a Pound se le ocurrió alinearse con el enemigo, eso en un país patriótico como Estados Unidos no se perdona.

»Pero no es cierto que acabara allí, lo soltaron y se volvió inmediatamente a Italia diciendo que en América era imposible vivir fuera del manicomio. Se fue a Venecia, donde no habla con nadie.

La perorata *impromptu* de la profesora apaciguó los ánimos y pudo continuar.

—No insistan, no es Pound nuestro objetivo, sino el impacto de la poesía clásica china de la época Tang en la poesía americana e inglesa del siglo xx. En la Europa de las vanguardias y la crisis del expresionismo, algunos jóvenes poetas (¿están pensando en Eliot?, pues piensen también en Rethrox y los Beats) acudieron al clasicismo chino Tang como una fuente limpia donde beber una escritura de imágenes que reverberan entre sí, y el poema es una yuxtaposición de esas imágenes en interacción. Por eso Pound creyó ver en la poesía china el fundamento realizado del «imaginismo» que unía a James Joyce, William Carlos Williams, Richard Aldington, Eliot y él mismo.

»Pero lo que más facilitó las influencias fue el ensayo de Ernesto Fenollosa "El ideograma chino como medio poético", donde aquel erudito de Salem, de origen español o portugués, muestra que cada carácter o ideograma de la escritura china clásica es ya un poema en sí mismo. Por ejemplo, la palabra "otoño" es un ideograma donde se ve una persona contemplando caer las hojas sobre un estanque. ¿No es eso ya, en sí, un poema? Pues imagínense la riqueza de resonancias de una poesía hecha de palabras así. En inglés otoño son cuatro letras *"fall"* alineadas, incluso una repetida que nada tienen que ver con la realidad del otoño. Y esa es solo una palabra en un verso. ¿Qué no podrá lograrse relacionando imágenes entre versos y estrofas?

Y se respondió a sí misma.

—Resonancias... inefables... incesantes...

Quedó callada y pensativa, como emocionada, y dio un carpetazo para despertar del ensalmo a sus alumnos.

Pasó por su oficina, recogió unos libros y enfiló con su coche deportivo hacia el Bay Bridge. Vivía en la zona alta y rica de San Francisco, junto al Mark Hopkins Hotel. Siguió la zigzagueante callecita de su mansión y entró en el jardín.

—Señora, su hermana la espera.

«Por fin —pensó Ai-Ling—, ha conseguido salir de ese infierno, ¡qué alegría!»

May-Ling la abrazó con efusividad, ella le escrutó la cara para reconocerla.

—Estás más guapa que nunca.

—Será por los sustos...

—Hermanita, a ti te tocó el general, a mí el banquero: tu vida ha de ser más sobresaltada. La guerra es la guerra.

—¿Cómo está tu banquero?

—Calculando, como siempre.

Ai-Ling había tenido sus Enzos correspondientes de joven, pero al llegar a la treintena se buscó, o le buscó su poderosa madre, el mejor partido de China: un banquero millonario chino-norteamericano descendiente de Confucio por línea directa, como ellas venían por línea directa de la famosa Mi-Fei de Enzo y Simbad.

Esperaron al banquero Kung para tomar los cócteles

hablando de cuestiones domésticas. May-Ling reservó su información política para contarla cuando estuviera Kung. Cuando llegó este, un hombre macizo y corpulento, de cabeza grande y bigotes tupidos, gestos enérgicos y una ligera inclinación de todo el cuerpo hacia delante, como si se apresurara, May-Ling soltó su noticia bomba, nunca mejor dicho, tratándose de una guerra.

—Mao nos ha vencido.

Como si eso fuera lo más natural del mundo, Kung inquirió sin demasiado interés:

—¿Dónde está tu marido?

—En Formosa.

—Vaya ridículo. De todos modos, aquí nadie se había llamado a engaño con él, no se sorprenderán. Ya sabes que lo llaman *Cash-my-check*.

May-Ling se tragó su rabia. Efectivamente, su marido Chang-Kai-Chek vivía del dinero de los americanos que no deseaban un triunfo comunista en China. Pero el dinero no basta cuando están en juego pasiones políticas, nacionales, patrióticas, el poder absoluto sobre China.

—Qué más da —terció Ai-Ling—, gane quien gane, ganaremos nosotras y, sobre todo, China.

Los otros la miraron con respeto y sorpresa.

—¿Qué quieres decir?

—Que la hermanita Ching-Ling estará con Chou-En-Lai.

—Pues que se ocupe de que Mao deje en paz a Chang-Kai-Chek en Formosa —sugirió Kung—, y nosotros veremos qué puede hacer Chou-En-Lai para que Mao convierta a China en una potencia capaz de evitar las humillaciones de antaño. Cuando seamos lo bastante fuertes para que ni rusos, ni japoneses, ni americanos, ni británicos nos puedan humillar como durante los últimos cien años, podremos decidir qué camino tomamos.

19

Las Tríadas y las tres hermanas

Todas las cosas grandes suelen ser muy complejas, porque de la cantidad nace la calidad, pero tienen también una explicación simple, que casi nadie conoce. Nadie sospecha que la historia de China es la historia de tres hermanas. Para eso están las sociedades secretas, para organizar, planear y ejecutar, sin dejar rastros.

Conocido es el papel de las Tríadas en la historia de China, análogo al de la masonería en Europa. Los movimientos culturales previos a cambios políticos, como la Ilustración del Siglo de las Luces que engendró la Revolución francesa, son preparados y sostenidos por las sociedades secretas, las logias internacionales, e incluso en casos extremos, los rituales mágicos.

Dejamos a China, tras las aventuras de Simbad y los

viajes europeos propiciados por Enzo, en su espléndido aislamiento, solo preocupada por mantener su muralla, para que no entraran los bárbaros. Con los mapas de Zheng He los portugueses fueron hacia el este y los españoles al oeste. Unos comerciaron con la India, Malaca y Catay, los otros se toparon con América y sacaron de ella riquezas inmensas que financiaron guerras internas y desataron la envidia de los demás países. Holanda navegó detrás de los portugueses y se metió en Malasia e Indonesia. Inglaterra salió detrás de Holanda y pirateó por el Caribe para robar el oro español cuando ya estaba limpio y empaquetado en lingotes o doblones. Los franceses fueron a conquistar la India pero se la acabaron quedando los ingleses. Francia se tuvo que contentar con Indochina. Y cuando no quedaban tierras por expoliar, todos juntos se volvieron contra China, que los había menospreciado siempre y no se esperaba que la revolución tecnológica creada por la ciencia de Newton y Bacon diera a los europeos un poder militar irresistible, una capacidad de matar y destruir nueva en la historia del mundo.

Los chinos esperaron que los europeos modernizaran el mundo para poder comerciar con ellos, pero no contaron con que, en el proceso, los europeos se iban a convertir en un peligro letal mucho peor que los bárbaros de Mongolia. Cuando se dieron cuenta tenían las cañoneras del general Gordon metidas por sus ríos, los puertos ocupados, Pekín invadido, el Palacio de Verano arrasado.

Por su soberbia e imprevisión sufrieron un siglo de humillaciones en el que fueron pisoteados por ingleses —que les metieron el opio a la fuerza—, franceses, alemanes, rusos y japoneses. Había que corregir el tiro. Solo con la tecnología europea se podía hacer frente a la agresión europea. Flechas contra ametralladoras, madera contra acero, eran batallas perdidas. Las Tríadas empezaron a moverse y detrás de ellas las mujeres.

Utilizaron a los chinos de la diáspora, los de Siam, Malasia, San Francisco, Singapur. Eligieron a las tres hijas de un misionero chino de Shangai. Este se hizo rico vendiendo Biblias en China, y su mujer pudo montar casa entre los potentados de la ciudad y manejar los casamientos de sus hijas.

Eso en China se realizaba por medio de agentes no patrimoniales sino matrimoniales. El o la casamentera, cual celestina con título y licencia, recorría las familias en busca del encuadre óptimo entre los intereses de familias complementarias, que ganaban aliándose.

En el caso de la señora Chan, los intereses familiares se supeditaron a los de la política. La Gran Dama de la Orden de Nu-Shu, la decimoctava descendiente de la vieja señora Hu-Shu que actuaba como el Gran Oriente de todas las Tríadas, trazó los planes matrimoniales de las hermanas Fei. Por unos momentos fatídicos, la Gran Dama de la sociedad secreta de Nu-Shu condescendió a actuar como agente matrimonial y señaló a la señora Fei el marido de cada una de sus tres hijas.

20

La musa comunista Ching-Ling

Cuando los ingleses impusieron a China el consumo de opio y luego su cultivo, para pagar los gastos del té al que devinieron adictos los británicos, Shangai se convirtió en un centro de operaciones donde misioneros cristianos, comerciantes europeos y rebeldes chinos jugaban su partida por la posesión del mercado chino, espiritual y comercial. Entre los comerciantes americanos Russell & Co. se dedicaba al opio y trabajaba en relación con los clanes Roosevelt, Delano y Forbes.

Las sociedades secretas que querían desestabilizar el trono imperial de la dinastía manchú provocaban enfrentamientos entre los manchúes y los europeos atacando a los misioneros. Unos chinos convertidos al cristianismo llamados taipings (reino celestial) se alzaron en armas y causaron una guerra civil. Cuando los rebeldes tomaron Shangai y Pekín los ingleses mandaron al general Gordon, que moriría en Kartoum ante el Mahdi, pero que aquí cosechó fáciles triunfos porque usaba cañones, explosivos y rifles contra los arcos, flechas, lanzas y gongs de los chinos.

Ahí comenzó el siglo de humillación china que acabó cuando ellos usaron contra los europeos las mismas armas de estos. Pero llegar a eso les llevó cien años y muchos disgustos.

Un joven emprendedor decidió estudiar en Estados Unidos y allí se convirtió al cristianismo, volvió como misionero nativo a China y se dedicó a vender Biblias. Porque ya se sabe que para hacer cristiano a un chino, primero hay que convencerle de que es culpable, y eso solo se consigue con la Biblia. Este joven Fei se hizo rico y tuvo notoria descendencia, tres hijas: una amaba el dinero, otra amaba el poder y la otra amaba a China. A esta última su amor a China la llevó a casarse con el que fue el primer revolucionario presidente, por poco tiempo, de la República China cuando cayó la dinastía imperial. El doctor Sun Yan-Tsen fue un héroe a pesar suyo, porque en cada rebelión que tomó parte hizo el ridículo, pero varios de esos ridículos, aireados en la prensa, le hicieron famoso, el icono que Occidente necesitaba para identificar a los disidentes chinos. Su *gaffe* más famosa fue en

Londres, cuando por tonto se dejó coger en la puerta de la embajada china, hablando con el portero. Ni el Foreign Office ni Scotland Yard intervinieron, pero una fámula inglesa, de esas de novela de Dickens con un corazón de oro, alertó a la prensa, los reporteros montaron tal manifestación frente a la embajada que el doctor Sun tuvo que ser liberado.

De vuelta a China trabó amistad con el señor Fei, que le financió sus rebeliones. Ninguna llegó nunca a revolución, eso quedaría para luego. De joven practicó las artes marciales del Hsing-i y se inició en la tríada llamada Sociedad de las Tres Armonías, a la cual pertenecía también el señor Fei. Tal relación trabaron por la causa revolucionaria que compartieron despacho y la hija mayor de Fei, Ai-Ling, le hizo de secretaria. Ella, como sus hermanas, había estudiado en Estados Unidos graduándose en la Wesleyan, por lo que dominaba lenguas y ciencias políticas.

Pero Ai-Ling era materialista, realista, pragmática y en cuanto tuvo ocasión dejó al revolucionario y se casó con un millonario. H. H. Kung era descendiente directo de Confucio, de una familia de prestamistas y banqueros que empezaron con casas de empeño. Inmensamente rico, cursó un posgrado en economía por la Universidad de Yale y entonces coincidió con Ai-Ling en una *party* en Nueva York.

De vuelta a Shangai, el señor Fei invitó a cenar a Kung y la cena no había terminado cuando el joven banquero ya estaba cautivo de la fuerza tranquila de Ai-Ling. Porque ella no perdonó: era lo que estaba buscando. Él era la conexión con el mundo real en aquel mundo utópico de rebeldes que rodeaban a su padre. Ai-Ling tenía claro desde su tierna infancia que el dinero mueve el mundo y que, periclitada la era de las caballerías y las espadas, el poder no lo confería la fuerza o la nobleza, sino el dinero. Se casaron en Yokohama y pasaron la luna de miel en Kamakura, cabe la estatua del gran Buda, que ese sí que nunca persiguió el dinero.

El doctor Sun se quedó sin secretaria y Ching-Ling ocupó la vacante de su hermana. Ching-Ling era una intelectual, y encima una romántica enamorada de la revolución. Desde su universidad americana había seguido los sucesos de China y había ponderado los valores de la revolución. Sus compañeras de clase la describían como hermosa, silenciosa y sombría, estas últimas cualidades necesarias para ser una conspiradora.

No le faltarían situaciones para ejercitarse en el arte del gran guiñol conspirativo. Primero para casarse. Porque cuando Sun fue a pedirle su mano al señor Fei, este le rechazó airadamente puesto que Fei era cristiano y Sun ya estaba casado. Si hubiese sido confuciano podría aceptar dos esposas, pero como cristiano devoto, Fei cortó su amistad con Sun por pedirle a su hija. Y como ella insistiera en casarse y amenazara con fugarse, la encerró en su habitación bajo llave. Una piadosa doncella, que las hay igual en China que en Londres, le puso por la noche una escalera en la ventana y Ching-Ling salió de la casa paterna como si estuviera representando *Romeo y Julieta*, que es lo que más podía gustarle. Se metió en un barco japonés y se fue a Kobe a casarse con Sun. Su padre la persiguió pero llegó tarde: la ceremonia religiosa ya se había celebrado. Maldijo a Sun y se volvió a casa con un disgusto que le acabaría llevando a la tumba.

Ching-Ling, de veinte años, se puso a vivir con Sun de cincuenta y a fe que el pobre doctor revolucionario no decepcionó sus ansias de aventura. En su casa de Cantón a las dos de la madrugada «el doctor Sun me despertó de mis dulces sueños, diciendo que debía vestirme porque había que escapar». Le habían telefoneado de un inminente ataque y se tenían que refugiar en un buque de guerra. Pero Ching-Ling le convenció de que la dejara en casa para huir con más facilidad. Parece que no le costó demasiado convencerle, le dejó a sus guardias y se fue solo.

Luego vino el calvario de Ching-Ling: ametrallada al huir por un puente, escondida en una casa, pasando en medio de los soldados disfrazada de campesina hasta una barca que la llevó al buque donde estaba Sun. Lo peor fue que los rebeldes saquearon su casa y encontraron documentos sobre la demanda de ayuda de Sun a los comunistas rusos. La prensa lo publicó, su sociedad secreta en San Francisco decidió expulsarlo por bolchevique, los precursores del FBI le investigaron junto con la inteligencia naval de Estados Unidos, hasta llegar a la conclusión de que «el doctor Sun no es un bolchevique, solo un excéntrico». Para Lenin, Sun era un ser de «incomparable —casi se podría decir virginal— candidez: utópico y reaccionario».

Pese a todo, los rusos le enviaron a Sun un comisario político llamado Borodin que le explicó cómo organizar su movimiento según las disciplinas y terrores de los bolcheviques. El secretario de este Borodin era un joven comunista entrenado en París llamado Chou-En-Lai. Mientras se concretaba la ayuda de Rusia, Ching-Ling le pidió dinero a su hermano T.V., graduado en Harvard y banquero con el dinero de su familia. Lo hicieron ministro de Finanzas. Al poco tiempo, el doctor Sun contrajo un tumor maligno en el hígado y murió rodeado de toda la familia de ella: de Ching-Ling, su hermano T.V., la hermana Ai-Ling, que fuera su primera secretaria y el marido de ella, el banquero Kung. Ching-Ling guio su mano para firmar el testamento económico —todo para ella— y político: «elevar China a una posición de independencia e igualdad respecto a las potencias extranjeras por medio de la revolución armada».

En el entierro el coro de la Universidad de Yenching cantó la canción favorita del doctor Sun: «Dulce paz, don del amor de Dios.» Madame Sun, frágil y atractiva en su vestido de viuda, envuelta con su velo, se apoyaba en el brazo de su hermana menor May-Ling, como si quisiera traspasarle los deberes de primera dama que ella había desempeñado.

21

La generala May-Ling

El sucesor de Sun Yan-Tsen fue un general jugador, mujeriego, peleón y tarambana, que contaba con dos apoyos decisivos: las Tríadas de Shangai y la academia militar de Whampoa. Podía haber sido otro joven ambicioso y osado, hubieron muchos en China en los turbulentos años en que el Imperio manchú se descompuso lenta y desagradablemente como una carroña podrida, pero le cayó a Chang-Kai-Chek la suerte de ser el jefe del partido conservador del Kuomingtang y con ella la desgracia de encontrarse enfrente la revolución comunista de Mao Tse-Tung.

A Chang le elevaron las Tríadas con la ayuda de dos turbios personajes: «Gran Orejas» Tu y «Viruelas» Huang, que controlaban el tráfico de heroína y opio al frente del

Gang Verde. Estos, a su vez, eran amigos de Ai-Ling y H. H. Kung, en cuya casa Chang-Kai-Chek fue presentado a la hermana menor, May-Ling. Al principio, como ella estaba prometida con un amigo de la universidad, no le hizo caso. Él era un ambicioso general, hijo de un comerciante de sal, con turbias conexiones con los gánsteres y un rosario de amantes en Shangai y Cantón. Pese a todo, ella le permitió que le escribiera.

Pero el pretendiente se había convertido en «el Napoleón de Ningpo» y pronto se empezó a especular que Shangai no era el único territorio conquistado por el joven general. Los Kung, o sea H. H. y Ai-Ling, no solo rejuntaban a Chang con May-King, también le traían a su hermano T.V. para que fuera el ministro de Finanzas del nuevo jefe de la revolución.

A todo esto, Ching-Ling se había quitado de en medio y estaba en Wuhan, cientos de millas al norte en el río Yangtse. Los periódicos extranjeros la llamaban la Juana de Arco china, se le atribuía haber conducido tropas en alguna batalla. Lo único cierto era que, bajo su figura infantil de encantadora delicadeza, había una valentía moral que la mantenía resuelta frente al peligro. Tenía una dignidad natural intrínseca, como en Europa era propia de los príncipes, su mismo señorío. Así mantenía la herencia moral de la revolución de Sun Yan-Tsen. Ella intentó que su hermano T.V., el ministro de Finanzas, se uniese a su grupo izquierdista, pero las otras hermanas le persuadieron de no hacerlo.

Ching-Ling se vio aislada entre agentes soviéticos que deseaban llevar la revolución de Sun Yan-Tsen hacia el comunismo y como conocía los turbios orígenes del general Chang-Kai-Chek, emitió un comunicado, denunciando que el general había traicionado los ideales de la revolución de su esposo y se fue a Moscú vía Vladivostok.

«Toda revolución debe basarse en cambios fundamentales en la sociedad, si no no es una revolución, es un mero cambio de gobierno. Sun Yan-Tsen pidió la revolución agraria para China cuando Rusia todavía estaba bajo la bota del zar. ¿Cómo se le puede acusar de peón de los rusos? Las políticas del doctor Sun son claras: si ciertos líderes del partido (Kuomintang) no las desarrollan, es que no son seguidores del doctor Sun y el partido ya no es un partido revolucionario sino un instrumento en manos de algún militarista, una máquina, el agente de opresión. La revolución en China es inevitable. No hay preocupación en mi corazón por la revolución. Mi descorazonamiento es solamente por el camino en que se han perdido algunos que la habían liderado.»

Madame Sun reapareció en Moscú. Stalin trató con desprecio a los comunistas chinos y aprovechó su fracaso para defenestrar a Trotsky. En Moscú, Ching-Lin leyó la noticia de que May-Ling se casaba con Chang-Kai-Chek, de modo que su hermana menor sería la nueva matriarca de la revolución china. Chang quería así acaparar la herencia moral del prestigioso Sun Yan-Tsen, su autoridad mística como iniciador de la revolución.

Las peripecias de May-Ling con su turbulento, sinuoso e inestable marido duraron dos décadas, hasta que el mal hacer y el peor ser de Chang-Kai-Chek dio con ellos en Formosa, adonde el ejército comunista de Mao les empujó y la amistad protectora de Chou-En-Lai les permitió refugiarse.

22

La maquiavélica Ai-Ling

Quien lo había tramado todo era Ai-Ling. Primero fue la secretaria de Sun Yan-Tsen, puesto en que dejó a Ching-Ling para que se casara con el doctor Sun. Luego empujó a Chang-Kai-Chek a casarse con May-Ling y viceversa, moviendo los hilos de la boda. Cuando Ching-Ling volvió a China y se quedó en el lado de los comunistas, Ai-Ling tenía una hermana en cada bando: una con Chang-Kai-Chek, la otra con Chou-En-Lai. Ganase quien ganase, ganaba su familia.

Ching-Ling volvió de Moscú a China y se pasó al bando comunista porque ella creyó que Chou y Mao eran más fieles continuadores de las ideas altruistas de Sun Yan-Tsen que no su corrupto cuñado Chang-Kai-Chek, que solo esperaba los dólares de América y enviaba a su hermana May-Ling a recaudarlos en frecuentes viajes a Washington y Nueva York.

Ella, Ching-Ling, siguió las vicisitudes de la guerra civil china hasta el triunfo final de Mao y Chou en 1949.

May-Ling tuvo que rescatar a su marido cuando fue capturado en Xian. Ella y T.V., su hermano, fueron a pagar el rescate, pero no fue hasta que Chou-En-Lai apareció y convenció a todo el mundo para presentar un frente unido contra la invasión japonesa, que se cerró el trato. Mao quería cargarse a Chang-Kai-Chek, pero debía obedecer a Moscú y Stalin ordenó a Chou-En-Lai que liberase al general Chang-Kai-Chek. May-Ling quedó impresionada por los modales refinados y la inteligencia de Chou-En-Lai.

Más lo estaba aún Ching-Ling, que le siguió durante toda la guerra contra Japón y luego contra Chang-Kai-Chek.

Sobre la poderosa familia Fei, el jefe del FBI Edgar Hoover pidió un informe que redactaron John Gunther y Jack Service en el que se dice: «La organización de esta familia es muy intrincada y potente. Operan despiadadamente. Si alguien se sale de su línea son comprados o exterminados. El cerebro real del grupo se dice que es Ai-Ling, malvada e inteligente, se sienta en el trasfondo y dirige a la familia. Su hermano T.V. es el manipulador y realiza sus ideas. Incluso se dice que en un momento

Ai-Ling podía ordenar el asesinato de Ching-Ling.» Esta se rio al oír tal informe.

Ching-Ling sabía muy bien que tales rumores podían convencer a los espías americanos, pero era increíble en su familia: el objetivo superior por el cual cada una de ellas estaba en su sitio, no podía desobedecerse, algo por encima de ellas, la tríada femenina les había ordenado sus papeles y Ai-Ling los distribuía y custodiaba. Nada más lejos de esos intereses que asesinar a su hermana tan bien situada en el bando contrario. Tanto fue así que el día 1 de octubre de 1949, Ching-Ling fue invitada a Pekín a participar en la gran celebración de la Liberación. Millones desfilaron por las amplias avenidas delante de la Ciudad Prohibida. Mao Tse-Tung, desde la Puerta de la Paz Celestial, proclamó la República Popular China. Ching-Ling estaba al lado de él. La nombró vicepresidenta de la República Popular, rango inmediato por debajo de él en el protocolo. Le dio una villa en el lago junto a la Ciudad Prohibida, la villa donde había nacido Pu-Yi, el último emperador, y allí vivió cerca de las casas de Mao y Chou-En-Lai.

Ching-Ling y su hermano T.V. fueron a Moscú al acabar la Guerra Mundial para acordar la alianza chino-soviética que cubrió las espaldas a Mao.

En pleno desastre de la Revolución Cultural, cuando la mujer de Mao y el Gang de los Cuatro lanzaron a los guardias rojos contra ella, poniendo pósters en que la acusaban de reaccionaria burguesa, Chou-En-Lai les obligó a dejar en paz a Ching-Ling, pues era la viuda del doctor Sun, la mujer de más alto rango de China, la matriarca de la revolución.

En 1981 fue nombrada presidenta honoraria de China y fue entonces cuando organizó la reunión para indicar al nuevo timonel el cambio de rumbo.

23

Cambio de rumbo

Las tres hermanas ya eran viudas. May-Ling volvió de Brasil, adonde se había desplazado para dirigir la inmigración china en aquel país que, ineluctablemente, por sus condiciones físicas y culturales estaba llamado a ser una de las grandes potencias del futuro. Ai-Ling volvió de California y su querida Universidad de Berkeley, donde ya era profesora emérita. Ching-Ling nunca se movió de China y fue ella quien acordó la cita con Deng-Xiaoping. También quiso estar presente la Gran Dama de la sociedad del Nu-Shu.

Deng era como una tortuga que sacaba con desconfianza la cabeza de su caparazón. «Gracias a eso se ha salvado de los destrozos de Mao —pensó Ching-Ling, la tortuga era el animal totémico del Emperador Amarillo—. Esta tortuga Deng se ha tenido que esconder bajo tierra muchos inviernos.»

El heredero del Gran Timonel se levantó para recibir a tres de las mujeres más ilustres de China.

—Veo que la tríada me visita. Guardaré el sigilo correspondiente. ¿A qué debo el placer?

—¿Conocéis la historia de Zheng He? Exploró el mundo esparciendo la Gran Harmonía y de paso comprobó lo que se podía comerciar en el siglo XIV con los otros continentes.

—Aunque estudié en París, esas cosas las sabe cualquier chino educado. ¿Adónde vais a parar?

—A la vuelta de sus viajes el emperador los prohibió para siempre. No había nada que comerciar, no era el momento. China se cerró sobre sí misma de modo tan radical que, por no seguir el desarrollo científico y tecnológico de la industria europea, sufrió un siglo de humillaciones que acabó en 1929 cuando Mao, Chou y vos mismo os levantasteis en armas para construir una China fuerte, la que ahora tenemos. Ningún extranjero puede invadirnos ya, ni exigirnos nada.

»En el siglo XIV no había nada que comerciar con el mundo, ahora sí. Ha llegado el momento. China, libre de presiones exteriores, puede dirigir su destino y completar lo que inició Zheng He: extender la Gran Harmonía confuciana por todo el mundo, comerciar con todos los países y que todos reconozcan nuestra hegemonía.

—Yo he sido un comunista más en la revolución de Mao. ¿Me proponéis ahora estrategias que abandonaron los emperadores?

—China tiene que difundir por el mundo los valores confucianos de benevolencia, respeto y lealtad. ¿No salieron los misioneros a llevar sus mandamientos por el mundo? La Pax Europea no resultó convincente: predicaban el amor al prójimo mientras atacaban, colonizaban, expoliaban. Nosotros comerciamos, no robamos, trabajamos y procuramos ganar el máximo, pero sin atacar, ocupar o colonizar.

—Todo eso es indiscutible, ¿pero cuál es mi papel en vuestros buenos deseos?

—Ha llegado el momento del golpe de timón: hay que instaurar una economía de mercado. Dejad al partido comunista el mando de la política, pero implantad el sistema libre de competencia, propiedad privada de medios de producción y comercio libre.

—¿Adónde pretendéis llegar con ello?

—A que China sea la primera potencia mundial pero no en lo militar, sino en lo económico.

—¿Queréis volver a los tiempos del emperador cuando los extranjeros nos rendían pleitesía y pagaban tributos? Decidme, con el ejército de Estados Unidos tal como es ahora, superior al nuestro, ¿cómo pensáis lograr que nos rindan pleitesía y nos paguen tributos?

—Comprando su deuda pública.

Las tres viudas y la Gran Dama se levantaron dando por terminada su exhortación al pequeño timonel. Al salir, Ai-Ling reparó en un complejo instrumento de Feng-shui que flotaba en una bandeja de agua.

—¿Qué es ese artefacto tan bonito?

—La brújula de Zheng He.

Fuentes

Concebí esta novela al tomarme un café turco en Singapur. Me puse a buscar los contactos Oriente-Occidente anteriores a la globalización.

El libro de Gavin Menzies, *1421. El año en que China descubrió el mundo*, fue decisivo en el inicio de la novela. De hecho, el protagonista Enzo da Conti aparece allí como personaje real con el nombre de Niccolò da Conti, un viajero veneciano que Zheng He encontró en Calcuta.

Una exposición sobre los barcos y los viajes de Zheng He recorrió el mundo y yo la vi en el Museo de las Atarazanas de Barcelona. Los «barcos del tesoro» o del Almirante medían 160 metros de largo, las carabelas de Colón 25. Se han excavado los astilleros de Nanking donde se construían esas naves gigantescas para la época.

La intriga de la novela se centra en cómo los mapas de los viajes chinos llegan a Europa y son utilizados por Colón y Américo Vespucio para atravesar el océano Atlántico. La intriga florentina se basa en mis anteriores libros sobre el Renacimiento italiano. Los viajes de Colón y Américo han sido publicados hasta la saciedad, no tanto la maniobra publicitaria de los italianos con los frailes de Sant-Dié y su mapamundi.

El epílogo sobre las mujeres que tutelan el retorno de China a un papel hegemónico tras esperar cinco siglos a que los europeos globalizaran el mundo, está basado en el libro de Sterling Seagrave, *The Soong Dinasty*.

Viajé personalmente a Singapur para recabar información del presidente de la International Cheng Ho Society, doctor Tan Ta Sen, que me llevó al museo de Cheng Ho en Malaca. Cheng Ho, Zheng He, San Bao y Simbad son la misma persona, el gran almirante eunuco al que se aplican estos cuatro nombres.

Huelga decir que la hipótesis implícita en la novela es que China renunció a los viajes intercontinentales en el siglo XV porque, fuera de Europa, que ya alcanzaba por la Ruta de la Seda, nada de interés apareció para comerciar en los continentes ignotos del mundo. «No es el momento», concluyeron los chinos en el siglo XV, pero este momento ha llegado en el siglo XXI tras completarse la globalización que llevaron a cabo los europeos.

Sobre Américo y los mapas de Saint-Dié escribió mal Stefan Zweig y muy acertadamente Felipe Fernández-Armesto. Ni que decir tiene que, como novelista, me he tomado licencias con la cronología, pero no con el espíritu de los tiempos.

Índice

Epílogo
LAS TRES HERMANAS

OTROS TÍTULOS
DEL MISMO AUTOR

LA MUERTE DE VENUS

Luis Racionero

En la Florencia del siglo xv el esplendor de las artes depende del delicado equilibrio político. Lorenzo de Medici es un líder respetado por muchos, pero odiado por otros tantos. En cualquier momento los que envidian su enorme poder pueden aliarse contra él para intentar arrebatarle el mando de la ciudad más próspera de Italia. Sólo necesitan la ocasión propicia y la ayuda de algún traidor.

Ajena a las intrigas palaciegas, una joven de excepcional belleza recién llegada a la ciudad significa para el joven pintor Sandro Boticcelli el descubrimiento del amor y la inspiración. Simonetta no sólo acaba posando como modelo para uno de los cuadros más célebres del Renacimiento italiano, *El nacimiento de Venus*, sino que se convierte en objeto de deseo del pintor. Pero la pasión, cuando no es correspondida, puede envenenar el alma.

Luis Racionero ha escrito una magnífica novela histórica en la que, desde la primera página, seduce al lector con su prosa elegante, ágil y precisa, así como con las intrigas amorosas y políticas que tenían lugar en la Florencia de los Medici.